세월의 다리

세월의 다리

지은이 _ 권숭분

초판 발행 _ 2014년 12월 25일

펴낸곳 _ 수필미학사
펴낸이 _ 신중현

등록번호 _ 제25100-2013-000025호
등록일자 _ 2013. 9. 2.

대구광역시 달서구 문화회관11안길 22-1(장동)
전화 _ (053) 554-3431, 3432 팩시밀리 _ (053) 554-3433
홈페이지 _ http://www.학이사.kr
이메일 _ hes3431@naver.com

ISBN _ 979-11-85616-19-3 03810

세월의 다리

권숭분 수필집

수필미학사

책을 펴내며

깊어가는 가을날 벗들과 함께 변산 내소사를 찾았습니다. 구름 한 점 없는 코발트빛 청명한 하늘은 차마 눈이 부십니다. 산자락에 자리잡은 은행나무 잎들이 샛노랗습니다. 은행나무는 푹푹 찌는 무더위를 이기고 너른 품에 가득히 안은 은행알을 충실히 맺었습니다. 이제는 자신을 치장하는 덩치 큰 은행나무가 왠지 여유로워 보입니다.

이따금 한 편 한 편 써왔던 나의 글을 한데 묶어 책으로 엮었습니다. 흔적조차 없이 지나가버리는 세월을 부족한 대로 움켜잡아 보았습니다. 지금까지 부모님을 위시하여 많은 사람에게 의지하며 살아왔습니다. 제 삶의 언저리에서 일어났던 고맙고 미안하고 안타깝고 아팠던 여러 일들이 지금 주마등처럼 스쳐갑니다. 그동안 제가 받았던 온정, 품었던 마음, 애썼던 노력들이 저에게 삶의 큰 의미로 다가옵니다.

생각해보니 마음의 갈피를 잡기도 바쁜 빈둥지증후군을 맞기 전에 수필문학을 만난 것은 어쩌면 내 인생에 있어서 커다란 선물이었습니다. 좁디좁은 가슴에 콩을 볶으며 속상할 일도 글로 풀다 보면, 별일 아닌 일이 되기도 하고, 세상일이 그럴 수도 있는 게 아닌가 하고 가만가만 고개를 끄덕이게 됩니다. 좋아서 뛰어들었는데 더러 의욕이 쇠진할 때도 있었습니다. 하지만 욕심을 버리면 모든 일이 힘들지 않다는 걸 알게 된 것도 문학의 힘이었습니다.

손아귀에 꼭 쥐어지는 아침햇살 같은 소중한 것 하나하나를 챙겨 두었다가 잠깐씩 꺼내서 펼쳐볼 수 있다면 살아 있다는 것만으로도 우리 인생은 아름답다고 하겠습니다. 이 수필집이 출간되기까지 주위에서 격려해 주신 문우님들께 감사드리며, 묵묵히 뒤에서 응원해준 사랑하는 가족에게도 진심으로 고마움을 전합니다.

2014년 12월

권 승 분

차 례

1 샘물 같은 행복

2 가을을 배웅하다

3 나의 꽃자리

4 서러운 하늘

5 싸왓디 캅

1
샘물 같은 행복

나의 울타리

따라라라, 따라라라.

"엄마 나야."

"수민아 많이 힘들지."

"괜찮아요. 다음 주면 훈련 끝나요. 시간 나면 또 전화할게요."

뚜뚜뚜….

끊어진 전화 신호음의 끈을 잡고서 놓지 못하고 있다. 가슴이 아려왔다. 잘 지내고 있구나. 안도의 한숨이 나온다. 생소한 군대 생활이 아이를 힘들게 하지 않았으면, 하는 바람을 가진다. 복무를 마치고 나올 그날까지 될 수 있는 대로 편한 마음으로 기다려야 하리라.

군대의 명령 체계가 지켜지려면 위계질서가 명확해야 한다는 걸 알고 있다. 위계질서는 상급자에 대한 존경과 약간의 두려움을 포함한다. 그리고 비합리적인 강요도 어느 정도 있다. 이 정도는 군대뿐만 아니라 사회에서도 충분히 겪고 있다. 군대는 밖에서는 안을 전혀 들여다볼 수 없는 곳, 안에서 밖으로 나오는 것도 귀신조차 못 빠져나온다는 빽빽한 탱자나무 울타리보다도 더 힘든 곳이 아닌가.

연락이 올 때까지는 아무것도 알 수가 없다. 속수무책으로 두 손 놓고 기다려야 한다. 한창 꿈을 꽃피울 이 땅의 젊은이들이 휴전선을 경계로 대치한 채 무기를 들고 장승처럼 서 있다. 김구 선생은 이미 아셨으리라. 그는 어려운 상황 속에서도 조국 독립을 위하여 힘을 아끼지 않으셨다. 같은 땅과 하늘을 머리에 이고 서로 적이 되는 앞날을 걱정하신 것일까.

조국의 미래를 긴 안목으로 예견하시고 반탁을 위해 발로 뛰셨다. 남한만의 단독 총선거를 막으시려다 반대파 세력에게 암살당했다. 역사의 어느 때라도 의로운 이의 앞길에 수난이 컸음은 심히 유감이다. 교과서에서만 존재하는 줄 알았던 분단된 나라의 현실이 서럽다. 나라를 지켜야 할 의무가 직접 내게도 닥쳐올 줄 예전에 몰랐다. 우리의 아들들이 내 나라를 지키는 군인임을 피부로 느낀다. 아들이 없는 우리 집이 황량하고 빈집 같을 수 있는지도 미처 몰랐다.

　날씨가 풀리는 봄이나 되면 면회 가자는 남편의 말은 절망이다. 구정이 지나도 볼 수 없는, 군대 간 아들 한번 보자는 바람은 막을 수가 없다. 0시에는 기차만 있는 게 아니다. 딸내미와 나는 속초행 0시 버스를 타고 출발했다. 동장군이 저만치 물러났는지 날씨조차 따뜻하다. 부대를 찾아 들어가는데 아뿔싸 물러났던 동장군이 거기에 떡하니 버티고 서 있다. 강원도 고성군 마좌리의 깊고 깊은 산속은 하얀 눈으로 덮여있고 속초선 부슬부슬 내리던 비가 함박눈이 되어 펑펑 내린다.

　부대 앞에 절도 있게 서 있는 위병소 보초병의 안내에 따라 면회소로 발걸음을 옮겨본다. 면회를 신청한 후 얼마 지나자 몰골이 초췌한 아들의 모습이 눈에 들어온다. 반짝이는 눈망울은 반갑다는 말을 먼저하고 있다. 한달음에 속초로 나온 아들이 햄버거가 먹고 싶단다. 산도 들도 웅크린 한겨울 추위 속에 우리의 점심 메뉴는 졸지에 햄버거가 되었다.

　예약해둔 속초관광호텔을 찾아가 꼬질꼬질한 군복부터 세탁소에 맡긴 후 욕조에 뜨거운 물을 가득 받아 들여보냈다. 한참 후에 문을 두드려 돌아앉은 아들의 등을 벅벅 밀어대니

국수 가락 같은 때가 두두둑 떨어진다. 내 어린 시절에는 목욕탕을 한 달에 한 번도 가기 어려웠다. 먹고사는 일도 일이지만 부모님의 주머니 사정도 그럴 여유가 되지 않았다. 어쩌다가 목욕하는 날은 그야말로 때가 덩이째 떨어졌다.

국가에 몸이 매이니, 요즘 아이들도 별수가 없다. "수민이 때 부자구나. 팔다리도 빡빡 문질러라." 씻고 나오는 아들의 얼굴이 대보름달같이 멀끔하다. "사람 변하는 거 시간문제네." 딸내미 말에 모두 웃는다.

어떻게 재미있게 보낼 건지 셋은 머리 맞대고 의논하였다. 비디오와 만화책을 한 질 빌리고 노래방을 찾아서 즐거운 시간을 가졌다. 재미있는 시간은 순식간이다. 하룻밤을 보내고 돌아서 가는 아들의 애잔한 뒷모습이 눈에 박힌다. 세탁해서 입힌 군복이 시린 햇살 아래 더욱 푸르다. '아들아, 어려움을 극복하고 마음을 굳게 하렴. 피할 수 없으면 용감하라고 했다.' 참고 견디는 가운데 좋은 청년이 되어 나오리라.

지난 5월, 잠시였지만 56년 만에 북쪽으로 철도가 힘차게 달렸다. 해상으로 육로로 길이 열린 것이다. 군대도 이제는 암흑 같은 장벽을 열어 어느 한 곳의 울타리를 개방해서 소식을 조금은 알려도 좋지 않을까. 국민과 친숙해지는 군대가 될 수는 없는 것일까. 이 땅의 아들들에게 힘내라고 응원을 보내 본다. 우리나라에서 국민들이 모두 편히 생활할 수 있는 것은 막강한 군대 힘이 크리라. 우리 아들이 진정한 울타리임을 깨닫는 순간이다.

사랑하는 경아 씨

"내 사랑 경아 씨."

아들이 어머니를 끌어안고 볼을 비비댄다. 중심을 잡지 못한 두 사람의 몸이 비틀거린다. 윗옷은 벗어 한 손에 거머쥔 채 취기가 적당히 오른 아들의 얼굴은 단풍같이 물이 들었다.

"아비야 간지럽다. 그만 놓거라."

어머니가 아들의 품에서 몸을 뺀다.

자그마한 키에 누가 봐도 인상이 부드러운 어머님은 시집오기 전에 손에 물도 묻혀보지 않고 호사스럽게 자랐다. 선산 신기리에서 제일 부잣집 맏딸이 무을면의 제일 부잣집 맏아

들과 어른끼리 우시장에서 중신이 되어 혼인했다. 그때의 부
잣집 계산법은 일제에 나락 공출을 가장 많이 대는 것으로 안
다고 했다. 아버님은 첫날밤, 통통하신 어머님을 보고 꿰다
놓은 보릿자루 같다고 하셨단다.

어머님 말씀으로는 아버님이 그때 사람치고는 키도 후리후
리하였고 당신이 낳은 아들보다 잘 생기셨다니 짐작이 간다.
흰 살결에 두 눈은 쌍 겹이 졌고 야무진 입매하며. 이모님은
세상에 우리 형부보다 잘생긴 사람이 없다며 자랑으로 알았
단다. 아버님은 지나가는 아이들이 코를 질질 흘리면 일일이
코를 닦아 보내는 따뜻한 인정을 지녔다고 한다.

식민지 시대를 어렵게 넘기고 학문만 하시던 아버님이 장사
에 손을 대면서 가세는 기울었다. 마흔 줄에 혼자 몸이 되신
어머님께서는 어떻게든 살아야 한다는 생각에 암담한 현실
앞에서 눈물도 나지 않았다고 한다. 작은 몸 어디에서 그런 힘
이 나왔을까. 장에 갔다가 늦게 오면 행여 애들 배고플세라 밥
보다 하기 쉬운 국수를 몇 다발 사두고 생선을 팔러 친정마을
로 사방 몇 십 리 길을 다니셨다. 발이 부르터서 힘들어도 함
지박 생선이 다 팔리도록 발품을 팔았다. 생선을 다 팔아도 함
지박은 받아 넣은 잡곡 등으로 가벼워지지 않았단다. 그런 어

려운 생활 속에서도 오 남매를 억척스럽게 키우셨다.

남편은 그런 어머님을 극진히 모셔야 한다며 입버릇처럼 말한다. 내게도 며느리의 손에 밥을 자시는 친정어머니가 있다. 그런 이유가 아니더라도 어른을 지극히 모셔야 하는 건 당연하다. 당신 입을 것 먹을 것 돌아보지 않으시고 자식 위해 지극정성을 들이지 않았던가.

어머님은 보장성이 확실한 노후 보험을 아들에게 들어 놓으셨다는 생각이 든다. 오늘도 늦어지는 남편의 귀가를 기다리며, 한잔 걸쳤을 때 더 진해지는 모자간의 아름다운 사랑을 그려본다.

"경아 씨. 이 젖 내 것 맞지. 내가 맏아들이니 이 젖은 내 거야."

"아비야 간지럽다. 그만 놓거라."

"엄니 간지러운가."

남편의 어리광에서 몸을 빼는 어머니의 얼굴엔 웃음꽃이 핀다. 껄껄거리는 남편의 웃음소리에 동네가 시끄럽다. 고즈넉이 흐르는 창가의 달빛이 평화롭다.

바라보는 사랑

사랑은 서로 마주보는 것이 아니라 함께 같은 곳을 바라보는 것이다. 생텍쥐페리의 말이다. 젊은 날은 아름답다. 신혼 시절 남편이 하는 일은 대부분 나에게 생경했지만, 그의 일거수일투족은 항상 나의 관심 안에 있었다. 뿐만 아니라 그가 하는 일은 나에게 아주 크게 다가왔다. 우리 부부는 아들, 딸 하나씩을 얻어 꿈으로 빚었다. 따사로운 봄볕 속에 꽃은 피고 초롱초롱한 아이들의 눈빛은 세월 속에 그렇게 익어왔다. 오붓한 행복이 녹음처럼 푸르게 살쪄가고 있다. 때가 되니 딸은 짝을 찾아 떠나갔다.

처연하게 술잔을 기우일 곳만 부유하던 그이가 술병이 났다고 몸져누웠다. 새벽까지 술을 마신 날도, 고뿔 걸려 밤새 앓았어도 이른 아침이면 틀림없이 일어났던 사람이다. 아무래도 큰 탈이 난 듯하다. 배가 너무 아파 밥을 먹을 수 없으니 죽을 끓여 달란다. 흰죽은 맛이 없을까 봐 쌀을 달달 볶아 눋게 해서 끓여줬다. 밤새 앓으니 진땀마저 송골송골 맺혔다. 병원은 죽기보다 싫어하는 사람이지만 도저히 안 되겠으니 병원을 가보자고 했다. 아픈 데는 장사가 없는 모양이다. 내일 내일 하며 미루더니 끝내 따라나선다.

"여기가 많이 아프지요?" 의사는 아프다고 쩔쩔매는 환자를 막무가내 꾹꾹 눌러본다. 지그시 환자를 쳐다보며. 남편이요 근래 계속 폭음했어요. 술병인가요, 아님 장염일까요. 아무래도 충수염이 의심되니 사진부터 찍어보잔다. 병원을 그렇게도 안 가려고 하더니 대체 이게 무슨 일인가.

내 나이 대여섯 살 즈음의 일이다. 동네 사람 모두가 '어린 것들을 두고…'라면서 우리 남매들의 머리를 쓰다듬었다. 어머니가 급성 맹장염이 와서 복막염이 되어버렸다. 의료시설이 좋지 않던 시절인지라 장기가 서로 뭉쳐 어떻게 조치를 취하기 어려웠다고 한다. 의사 선생님의 지혜로 몸을 이리 돌려 눕히고 저리 돌려 눕혀서 가까스로 어려운 사태를 수습하여 수술을 할 수 있게 되었다.

우리들은 병원에 얼씬도 못하고 집에서 멀뚱거렸다. 어머니가 안 계신 집이 그저 무섭기만 했다. 며칠이 지나서야 어른들은 우리를 병원에 데리고 갔다. 어머니는 우리 남매 모두를 제치고 막내를 끌어당겨 안으셨다. 이만큼이라도 자란 너희는 어찌해도 산다며 젖먹이를 잡고 놓을 줄 모르셨다.

어머니의 눈물은 봇물이 터진 듯 차고 넘쳤다. 우리들도 울어대니 병원은 삽시간에 울음바다를 이루었다. 당신의 몸이 아픈 것, 죽음의 무서움도 뒷전이다. 할 일을 다 하지 못하고 가게 되는 일만이 애통할 따름이었나 보다. 생각하고 싶지 않을 만큼 두려웠던 기억이 나를 새삼 몸서리치게 한다.

그이의 진단 결과가 나올 동안 입원실을 찾아들었다. 입원했으니 걱정 마시라고 어머님께 전화를 드렸더니 수술도 하기 전에 애들 삼촌이랑 외삼촌 고모들이 들이닥쳤다. 두세 시간 걸린다던 수술 시간은 여섯 시간이 넘어서고 있었다. 주먹을 쥐락펴락하다가 관세음보살님께 일념으로 매달렸다. '한 가정의 대주입니다. 아직 할 일이 남아있는 중생이오니 수술이 잘 되게 도와주십시오.'

파김치가 된 의사 선생님이 나온 얼마 후 환자의 침대를 밀며 간호사가 나왔다. 복막염의 상태가 심해서 예상 외로 힘이 들었다고 했다. 수술 중에 마취가 풀려서 환자가 눈이 말똥해지니 주치의가 당황해 하는데 그이가 "이왕지사 배 갈랐으면 예쁘게나 꿰매주십시오."라고 해서 이런 환자 첨 봤다고 박장대소했단다.

그는 어디라도 사람 많은 곳을 좋아하며 가정사는 뒷전이기 일쑤다. 동네의 크고 작은 일도 모두 꿰고 있다. 봉사단체 JC에 발을 들여놓고는 동분서주하더니 그야말로 얼굴 보기가 더 힘들어졌다. 어제같이 젊은 날은 간데없고 침상에 누워 있는 그이의 얼굴과 머리칼에도 세월이 지분지분 묻어난다.

"사람이 얼마나 사나." 하는 일을 줄이고 식구와 함께 여행도 다니겠다고 호기 있게 공언한다. 살다 보니 이런 날이 다 오는가 싶어, 나는 그이를 더욱 극진히 간호했다. 퇴원 후 몸이 회복되니, 그이는 언제 그랬냐는 듯 조금도 변한 구석이라곤 없다. 헛말일 줄 알았지만 그래도 야속한 마음은 쉬이 가시지 않는다. 건강을 회복한 것으로 용서를 해주어야 할까 보다.

부부란 어떤 관계일까. 이심전심 한몸이 되어가면서도 그이는 일에 대한 열정을 앞세워 자신만의 세계를 만들어가고 있다. 함께 살아온 세월만큼이나 명백한, 서로 간섭할 수 없는 거리이다. 외로우니 나만 바라보아 달라고 보챌 수 없는 아름다운 거리에 그이를 남겨두어야 하는가 보다.

그이에게는 아직도 쟁취할 무언가가 있다. 건강이 허락하는 한 쉬지 않으리라. 그이의 시선을 더듬어 나도 그곳을 바라본다.

사부곡

얼굴도 뵌 적 없는 시아버님은 남편이 열아홉 살 나던 해에 돌아가셨다. 기일이 다가온지라 제사 준비에 부산하다. 나물을 준비하고, 고사리를 삶으려고 불려놓은 다발을 만져보니 아직도 뻣뻣하다. 예전에 친정아버지가 해다 주신 고사리는 물에 담그면 통통하고 부드러웠다. 눈길은 고사리에 머문 채 내 마음은 아버지를 향해 달려간다.

아버지가 병원에 입원하신 지도 삼 년이 넘어갔다. 그러다 보니, 우리는 억지로 시간을 내지는 않고 그저 짬 날 때마다 병문안을 가는 정도였다. 어버이날이 코앞인 5월 초순이 되었다. 동생과 아버지 병문안 가자고 약속을 하고 서둘러 시장에서 티셔츠를 사고 회를 주문하였다. "내 생전 맛있는 회를 또다시 먹을 줄 몰랐다. 내가 오늘은 생기가 좀 난다." 성격이 호탕하신 아버지는 먼 길에 오느라 수고했다며 티셔츠가 매끄러워서 좋다고 편찮으신 와중에도 기뻐하셨다. 그러고 일주일 사이에 아버지는 어버이날을 앞두고 홀연히 떠나 버리셨다. 솟아나는 봄기운을 타고 녹음은 짙어가고 장미가 눈부신 오월인데, 아버지는 기운을 소진한 채 꽃비가 부단히 내리던 날 무거웠던 당신의 삶을 조용히 내려놓으셨다. 며칠 전 그토록 기뻐하시던 아버지의 목소리가 지금도 귓전에 쟁쟁한데 이제는 다시 볼 수 없게 되었다. 다리를 주물러 드리면 여기도 저기도 하시며 반가워 하셨건만, 대충 인사치레만 하고 나서 오랜만에 만난 형제들과 얘기하기에 더 바빴다. 속절없이 가버릴 줄 미처 모르고 철이 없었던 우리들이다. 명절마다 "남의 집 맏며느리 서둘러 오는 게 아니니라." 하시면서 시간 없고 길 복잡한데 오지 않아도 된다면서도 반가움을 감추지 않으셨다. 빙그레 웃으시는 인자하신 모습은 인기 있는 배우보다 잘생기셨다.

내 어린 시절에 아버지는 사랑방으로 두 남동생을 매일 불러들였다. 무슨 일일까 궁금해서 같이 들어가려고 하면 "여자는 들어오는 게 아니다."라고 하시며 남동생들에게만 한문을 가르치셨다. 닫힌 문을 바깥에서 쳐다보다가 그렁그렁 슬픈 눈으로 엄마 품을 찾아들었다. 딸깍발이 양반의 기개를 지니셨던 아버지의 정신세계를 그때는 몰랐다. 뙤약볕에 땀이 범벅되어 놀고 있는 두 동생을 보고 "이놈들 덥겠다. 머리를 깎여야겠다."며 데리고 나가시더니 산뜻한 새 옷도 사 입혀 들여보냈다. 아끼던 과자를 서슴없이 동생에게 내어주고 얼른 동생의 옷을 벗겨서 한번 입어보려니 그새 땀 냄새가 배여서 서둘러 벗어버렸다. 나는 초등학교에 입학도 했는데 나도 새 옷 좀 사주지. 우리 아버지 아들만 귀여워하시고…. 작은 가슴은 서운함에 못내 목이 메었다.

어린 시절 한없이 무섭기만 하던 아버지가 험한 산이나 계곡을 마다않고 매년 고사리나물 꺾어 말렸다가 다발을 야물게 지어서 제사 많은 딸네 집에 좋은 고사리를 써야 한다며 손수 챙겨 오셔서 하룻밤씩 다녀가셨다. 딸이 시집간 뒤 친정에 띄엄띄엄 다녀가는 것이 아쉬웠던 마음이었으리라.

시아버님은 53세에 돌아가셨다고 한다. 아버님 기일이면 남편은 버릇처럼 아쉬워한다. 우리 아버지 이 좋은 세상을 모르고 일찍 가셨다고. 남편은 남편대로 나는 나대로 마냥 눈시

울이 붉어진다. 열 손가락 깨물어 아프지 않은 손가락이 없
다. 일찍 깨닫지 못해 항상 후회를 낳으니 정녕 이것이 인생
인가 보다.

세월의 다리

"엄마! 나, 시집 안 갈래. 영화 보고 쇼핑하고 엄마랑 좋은 곳 찾아 놀러 다니고 그렇게 살래."

가족 나들이를 자주하지 못하고 키운 터라 가슴 한편이 찡 울렸다. 그래서인지 요즘 들어서는 딸내미와 함께 발레를 보고 재즈 공연을 보고 뮤지컬을 보며 지방까지 내려오지 않은 공연을 기다리다 우리는 서울까지 원정도 마다하지 않았다.

처녀 시집가지 않겠다는 말은 말짱한 거짓말이란 말이 헛되지 않다. 딸내미가 이렇듯 다짐한 지 얼마나 되었을까. 어느 날 난데없이 인사시켜 주고 싶은 사람이 있다고 했다. 데려온 청년은 한눈에도 반듯해 보였다. 널찍한 이마, 선한 눈

동자에서 인심이 흐른다. 뭉툭하게 솟은 콧마루가 돈이 붙는 상이라 했던가. 두 볼에 적당히 오른 살집으로 귀염성까지 엿보였다. 웃을 때 드러난 하얀 치아가 고르기도 했다. 남자가 키만 삐죽 커서 무엇 하랴. 대충 그만하면 된 듯싶었다. 넌지시 남편의 의중을 물어보니 지금은 바빠서 만날 시간이 없단다. 이심전심으로 그 맘을 알겠다. 생각하지 않은 바는 아니었지만 귀엽게 키운 내 자식을 남 주기 싫은 게다.

온 여름내 바쁘다고 손사래치는데 이번에는 신랑감 쪽 부모가 만나자는 연락이 왔다. 남편은 더 이상 핑계만 대기가 난감한 지경인가 보았다. 딸 가졌다고 유세할 일도 아닌데 경험 삼아 한번 만나나 보자고 채근했다. 가까스로 날을 잡았다. 바깥어른들끼리 몇 마디 대화를 주고받더니 의기가 투합한 듯이 보였다. 저렇게 되면 우리 딸내미가 정말 시집을 가는 거로구나 싶었다.

아스라한 기억이다. 저 양반 총각 시절이. 만난 지 몇 달도 되지 않아 부모님께 인사드리겠다며 미끈한 모양새로 총기 있는 두 눈에 정열을 가득 담고 무작정 우리 집에 찾아왔다. 대뜸 큰절부터 하는 저 양반을 보더니, 아버지께서는 하는 일이 무엇인지, 본관이 어딘지, 부모님은 계신지, 불과 몇 말씀

물어보더니 놀다 가라고 하셨다. 막상 인사는 왔지만 문전박대 당할까 봐 전전긍긍했단다. 놀다 가라는 그 말씀이 얼마나 반가웠던지, 지금도 술이 한잔 되면 우리 장인어른 세상에서 드물게 멋진 분이셨다고 읊조린다. 그 뒤 얼마 되지 않아 언니를 제치고 내가 먼저 결혼했다. 품안의 자식을 떠나보내는 아버지의 헛헛하신 가슴을, 어머니의 뻥 뚫린 허전한 마음을, 형제들의 애틋한 심정을 그때는 미처 몰랐다. 신혼의 꿈을 찾는 나 하나밖에 없었다.

신혼살림을 꾸린 뒤 얼마 지나지 않아 귀여운 딸아이가 태어나 세상과 만나더니, 돌을 지나 아장아장 발걸음을 떼면서 자꾸만 밖으로 나가고 싶어 했다. 세상을 향해 조금씩 손을 내민 것이었다. 동산같이 부른 배를 안고 따라다니느라고 헉헉거렸다. 희고도 조그만 꼬마 아이가 종알종알 말도 잘하고 노래도 곧잘 부르니, 동네 사람들의 귀염을 독차지하였다.

못 말리는 개구쟁이였던 아들도 제 누나를 위한 일에는 몸을 아끼지 않았다. 아들이 초등학교에 다닐 때, 소풍을 갔는데 어떤 학부모로부터 전화 한 통을 받았다. 무척 화가 난 목소리였다. 내 아들이 그 집 아이를 쥐어박고 물을 먹였다고 한다. 사연을 들어보니, 대리 방천으로 소풍 가서 물고기를 잡았는데 잡아놓은 고기를 그 아이가 다 버렸다는 것이었다. 그래서 물고기 잘 보고 찾아오라고 개울에 얼굴을 들이밀었다나? 그런 개구쟁이가 제 누나를 위해서는 정의의 배트맨이었다. 고무줄놀이를 할 때 줄을 끊어놓든지, 미끄럼틀을 탈 때 괴롭히는 아이에 대해선 형뻘이 되어도 가차 없었다.

뒤돌아보니, 그동안 세월의 다리를 조심조심 건너온 시간들이 많이도 흘렀다. 딸내미가 시집을 가게 되었으니. 제 인생 제가 산다지만, 이렇게 통째로 내어주니 딸자식을 남이라 하는가 보다. 키우는 재미는 없어도 아들은 투자해도 남에게 주지 않으니 마음 하나 든든하고, 키우는 잔재미에 재롱떨어 귀여워도 딸은 다른 집으로 보내니 마음이 안타깝다. 딸은 소비재 성향이라 옛날 어른들도 딸에게 지극하게 투자하지 않았나 보다.

그런들 어쩌랴. 이제 딸내미를 보내는 아쉬움을 조금이라도 덜어나가는 것이 내 삶의 남은 숙제일 게다. 세월이 더 흘러 내 딸도 어미의 허전한 마음 알 날이 있을 것이다. 딸내미도 제 앞에 놓인 세월의 다리를 무사히 건너가기를 빌 수밖에. 때로는 위태롭고 무서울지라도 조심조심 인생의 다리를 탈없이 건너갈 게다.

샘물 같은 행복

옛날부터 사람은 누구나 행복을 추구해왔다. 그럼에도 행복은 늘 묘연하고 유동적이어서 따라잡기가 쉽지 않다. 잡으려고 하면 이내 사라져버리니 파랑새가 아닐까. 그렇다고 망설이고 있을 수도 없음이다. 자기 삶의 소망이 있으니 누구나 행복을 찾고 싶은 것이다. 그녀는 거울 앞에 서서 모자를 적당히 눌러썼다. 모자를 쓰면 두 팔이 자유로워서 양산보다 즐긴다. 이맘때면 즐겨 쓰는 연 보랏빛 모자가 가방과 조화를 이루어 기분조차 상쾌하다.

초파일이 다가오기 전에 법당 안에 남아 있는 좋은 자리에 등을 달기 위해 마음이 분주하다. 너른 법당 어디라도 자리가 남겠지만, 정성을 들이는 만큼 부처님이 감응하실 거라는 그녀만이 믿는 자리가 있다. 어느새 거리마다 신록이 우거졌다. 여름으로 달려가고 있음이다.

동화사 초입에서 다정히 미소로 반겨주는 마애불 앞에 섰다. 향을 사르며 합장을 잠시 한다. 높은 산 중턱 바위에 자리 잡은 마애불을 바라보노라면 경외감 이전에 구도자의 간절함이 절절히 다가온다. 일신의 위험을 무릅쓰고 대중을 위한 방편이었을까. 자기 안의 행복 찾기였을까. 다시 합장 드리고 대웅전을 향하여 종종걸음을 옮긴다. 절 안팎을 가득 채운 연등이 화사하다. 초파일이면 각 사찰에서 나온 연등 행렬이 시가지를 밝히고 줄을 잇던 시절이 있었다.

어린 시절 그녀도 엄마의 손을 잡고 행렬에 참가한 적이 있다. 엄마가 들고 있는 연등을 아이가 한 번이라도 잡아보고 싶어 했지만, 등불이 꺼지면 정성이 없어질세라 손도 닿지 못하게 하셨다. 그때 엄마는 무슨 소원을 그리 비셨을까. 당신 소원은 무엇이었을까. 엄마에게 소원이 무엇인지 한 번도 물어 본 적이 없다는 걸 깨닫는 그녀는 가슴이 뭉클해진다. 지난날 엄마도 꿈이 많은 새댁인 것을.

얼마 전 통영으로 방생 갈 때, 시누이와 나란히 앉았다. 사

춘기가 늦게 온 시누이 아들 훈이가 고등학교 삼 학년이 되어
서도 공부에 전념하지 않더니 여름이 막바지로 접어들 무렵
에 대학을 가겠노라며 마음을 잡았다. 시누이는 가까운 사찰
에서 백일기도를 시작했다. 무난히 대학을 들어갔다. 자기 자
식 공부 잘하기를 바라는 엄마의 심정이 오죽 타들어 갔을까.
누구나 없이 남편 흉은 쉽게 보는데 자식 이야기는 내놓고 하
질 못한다. 행복이 우연히 찾아오기도 하지만 아픔을 겪은 뒤
맞이한 행복은 더욱 감회가 깊었으리라.

　어릴 때 영특하고 귀염성 있던 훈이의 동그란 눈이, 동요를
부를 때 또박또박 발음하던 예쁜 목소리가 언뜻 생각났다. 우
리나라 불교가 기복 신앙의 성격이 강하다고 한다. 어찌 공든
탑이 무너지랴. 우선 복을 빌기에 바쁘다. 가족들 건강과 소
원 원만 성취 등을 접수하고 나니 마음이 한결 든든하다. 그
녀 역시 엄마와 별반 다를 바 없이 자신의 소원은 하나 없이
가족만을 위하고 있음이다. 자아가 뚜렷하지 않아서일까. 우
리네 엄마들이 그러하듯 가족의 행복이 나의 행복이기에 그
러하리라.

　그녀는 좋은 자리에 등을 달려고 연연한 자기자신이 알량
해진다. 부처님 시절에 가난한 여인이 남의 집에서 일해주고

받은 동전 두 닢으로 기름을 사서 휘황한 등불 사이에 걸어두고 기도를 하였다. 보기에도 초라한 작은 등불은 밤이 깊어 다른 등불들이 점차 꺼져가도 여전히 밝게 빛났다. 여인의 넓고 큰 서원과 정성으로 켜진 것이기 때문이리라.

손에 잡히지 않는 깨달음의 경지를 마음으로 되뇌어 본다. 왕자로서 보장된 행복을 버리고 수행의 길로 들어서신 부처는 헛된 욕망을 버리고 마음의 자유를 얻는 길이 행복이라 했다. 사람살이가 어디 그렇게 쉬울까 일상생활을 돌아보면 온갖 고민과 슬픔이 끊이질 않는다. 갖고 싶은 것을 가질 수 없는, 심신에 발생하는 괴로움은 또 어떤가. 자갈밭의 자갈이 오줌을 눈다고 했다. 흙이 뜨거워지면 물을 내뿜어 수분을 조절해주고 땅에 숨구멍을 내주니 농사에 이로움을 주기도 한다. 무엇이든 나쁘기만 한 것이 아닌 거다. 다가온 고난을 이겨낸 뒤, 솟아나는 샘물 같은 행복이 진정하리라. 산들거리는 바람에 몸을 싣고 돌아오는 그녀의 발걸음이 사뿐하다.

우리 집 월동준비

올겨울은 전에 없이 한파가 자주 이어진다. 아직 김장을 하지 못해 어머님이 걱정을 한다. 숙제를 하지 않고 미루어 놓은 양 마음이 편치 않으신 것이다. 무슨 일이든지 때를 맞추어야할 일이 있다.

요즘에 김치를 얼마나 먹나요. 묵은 김치도 아직 있지 않은가요. 위로 삼아 말을 해도 시무룩하다. 그이는 많은 농사에 일손이 달리는데 굳이 우리가 먹을 김장 배추까지 심었다. 농작물을 수확하느라고 손이 달려서 미처 배추를 갖다 주지 않는다.

강추위가 시작되기 전에 다행스럽게 배추가 왔다. 이제 김치를 담글 차례다. 요즘은 생활이 바빠진 탓으로 김장 김치도 주문해서 먹는 사람들이 늘고 있다. 하지만 김장 김치는 집에서 손수 담가야 제맛이 나기 마련이다. 정성을 음식 마련의 생명으로 삼았던 어머님의 지혜를 어깨너머로 배웠다. 한국 사람에게 있어 김치처럼 친근한 반찬이 또 있을까. 맛있는 김치는 겨우내 가족의 식탁을 즐겁게 한다. 한편 김치 맛은 그 집 주부의 음식 솜씨를 가늠하게 한다.

김치 맛내기 비결은 배추를 잘 절여야 한다. 소금은 간수를 다 빼서 쓴맛이 나지 않는 국산 소금으로 준비했다. 변질 없이 숙성을 유도하는 것이 첫째 목적이며, 세포벽을 부드럽게 만들어 억센 배추 줄기를 연하게 해야 양념이 잘 발라진다. 짜게 절이거나 오래 절이면 김치가 질겨지고 먹기 어려워지며, 싱겁게 절이면 풋내가 나거나 물이 생겨 맛이 영 없어진다.

배추의 밑동에만 칼을 대고 위쪽을 양손으로 쪼개서 절였다. 초저녁에 절였으니 늦은 밤에 한번 위아래를 바꿔주었다. 줄기 부분을 접어보니 탄력이 있으면서도 부드럽게 휘어진다. 내가 좋아하는 김연아 선수가 갈라 쇼를 하듯 유연하고 낭창하다. 다음날 아침에 건져 깨끗이 씻은 후 채반에 담아 물기를 뺐다. 배추가 덜 절여지면 씻어서 채반에 담아놓기가 바쁘게 밭으로 가려고 배추 잎들이 펄펄 살아난다. 달아나려는 배추 붙잡아서 양념을 바르기는 두 배로 힘이 든다.

　배추 소를 만들어 배추를 무치면 올해 김장이 완성이다. 무를 다듬어 수세미로 문질러 씻어 채를 썰었다. 곱게 썰지 않아도 양념에 버무리면 얇아진다. 미나리, 대파와 갓을 썰어 넣고 마늘과 생강을 다져 넣었다. 표고, 황태, 멸치, 다시마를 넣고 끓여서 식혀둔 물에 찹쌀 풀을 섞었다. 이제부터 김장의 맛을 결정짓는 중요한 순간이다. 적당한 비율로 천일염과 새우젓, 멸치액젓으로 간을 맞추고 고춧가루를 넣어 양념을 섞었다. 맵지 않은 김치는 맛이 덜하다. 그래서 청양 고춧가루도 약간 넣었다.

　집집이 김장을 다 담갔는데 우리 집이 가장 늦었다. 김장을 한다는 소식에 큰시누와 작은시누가 놀러 왔다. 언젠가 우리 김장이 먼저 끝났을 때 도와주러 갔었다. 오늘 품앗이 왔느냐고 인사하니 모두 웃는다. 김장이나 큰일에는 여러 사람의 손이 있는 대로 쓰인다. 생 갈치를 속에 넣어 곰삭은 김치를 그이는 제일 좋아한다. 굴을 넣어 양념 맛이 솔솔 나는 김치는 아들이 좋아한다. 손이 많이 가는 일이라 번거롭기는 하지만 맛있게 먹을 사람을 생각하니 그것도 기분 좋은 일이다.

김치는 소중한 우리의 음식이다. 오행의 기운이 고루 담겨 있고 다양한 부재료가 발효를 통해 완벽히 어우러진다. 김치 한 가지만 먹어도 밥맛이 꿀맛이며 먹고 나서도 든든한 느낌이 있다.

우리 집은 김장을 하고 난 후 빠지지 않는 행사가 있다. 갓 지은 밥과 양념에 갓 버무린 김장, 여기에다 가스레인지에서 익어가는 돼지고기 수육은 그야말로 별미이다. 올해는 오징어가 풍년이라 특별히 오징어 무침회도 곁들였다. 수고한 시간이 보상을 받는 느낌은 그야말로 김장을 한 사람들만이 누리는 호강이라고 하자. 집집이 손맛이 다르니 서너 쪽씩 봉지에 담아 나누었다. 몸은 힘들었지만 정으로 사는 가족 안에서 어머님의 얼굴에 웃음꽃이 핀다.

동상이몽

그 겨울은 따뜻했다. 낮게 드리운 하늘도 정다워 보였다. 흰 눈이 내리니 더욱 소담스러워진 마을 정경이다. 시나브로 어둠이 내려온다. 저녁, 부리나케 집 정리를 마치고 모두 텔레비전 앞에 편안히 자리 잡았다. 우리 방송계에서는 아직 없었던 획기적인 성인나이트 토크쇼 "자니 윤 시간이 돌아왔습니다!" 방청석을 가득 메운 관객들을 보면서 수도권에 사는 사람들이 누구보다 부러웠다.

우렁찬 박수로 환영하는 그 무리 속에 나도 끼일 수 있으면 좋으련만 TV 앞에서 시청하는 것으로 만족을 대신하였다. 아직 잠자리에 들지 않으려는 두 아이를 아침에 일어나기 어려우니 그만 자야 한다는 달콤한 타이름과 으박으로 잠을 재우고, 나만의 시간을 향유했다.

우리말이 서툰 건지 영어 발음에 적합한 발성 습관 때문인지 모르겠지만, 어눌한 그의 우리말 표현은 그리기에 더욱 웃음을 자아냈다. 언어의 마술사, 솔직담백하고 유머러스한 표현의 귀재다.

신혼부부가 이사 온 집에 비가 오자 천장이 샜다. 새댁이

"이봐요 지붕 좀 고쳐요."하니 남편이 다짜고짜

"내가 지붕 고치는 사람이냐."라고 버럭 소리를 질렀단다. 목욕탕에 샤워기가 새자 새댁이 고장 난 샤워기 좀 고치라고 하니

"내가 샤워기 고치는 사람이냐."라고 고함을 질렀단다. 어느 날 비가 억수같이 내리는데 천장이 새지 않았다. 목욕탕에 가서 샤워기를 써 봐도 새지 않았다.

"아니 지붕이랑 샤워기가 괜찮아졌네. 어떻게 했어."

남편이 묻자 새댁은 옆집에 이사 온 아저씨가 고쳐 주었다고 했다.

"돈이 좀 들었지."라고 묻자 새댁은 하나도 돈이 들지 않았다고 한다.

"옆집 아저씨가 하룻밤 잠자리를 하든지 맛있는 요리를 해 주든지 하라고 했어."

"그래 무슨 요리해 줬느냐."라고 남편이 묻자 새댁은 획 돌 아서더니만

"내가 요리사냐." 일갈했다나.

충북 음성에서 태어난 쟈니 윤이 미국 유학 가서 생활할 때 넉넉지 않은 주머니 사정 때문에 고민하던 중 푸들이 먹는 식 량은 값이 무지 싸기에 옳지 저거다 싶어서 식량을 대신하길 서너 달 되었을 무렵에 어느 날부터 전봇대 옆만 지나려 하면 저절로 한 다리가 번쩍 올라가더란다.

그의 이끌림대로 웃고 즐기다 보니 후딱 한 시간이 지나고 마감 멘트를 날리는 순간이 돌아왔다. "잠자리에 들 시간입 니다." 자꾸만 들어도 질리지 않는 온갖 상상을 유발하는 그 의 특이한 발음이다. 하루의 피로를 풀기 위해 무거운 몸을 눕힐 수도 있고, 새 날의 힘찬 도약을 위해 수면을 취할 수도 있는 것인데, 잘 생긴 데 하나 없어도 매력 있는 그의 묘한 표 정을 보면서 멘트를 듣노라면 입가에 야릇한 미소가 물결처 럼 살포시 번진다.

미소는 인간의 심연에 담긴 호의를 전달하는 행위예술이기

도 하다. 찰나 스쳐가는 미소는 모든 이해와 사랑과 마음의 따스함을 상대에게 기억하게 하기도 한다. 실실 쪼개는 나를 보던 남편이 어느 날

"너, 쟈니 윤 사랑하냐. 평소 티브이를 가까이하지 않던 사람이 정신을 못 차리네."라고 농담을 한 마디 건네 왔다. "말도 칠칠하지 못하게 하는 쟈니 윤보다 구변 좋고 번듯하게 잘생긴 당신이 훨씬 멋져요." 강한 부정은 강한 긍정이건만 나는 마구 부정했다.

그 순간 비밀의 화원을 내 가슴에 켜켜로 고이 접어 누르고 절대로 들키지 않아야 했기에 누구에게도 피해가 가지 않도록 남편에게 하얀 거짓말을 했다. 여자는 정말 여우인 걸까.

긴 겨울밤의 끝자락을 잡고 남편과 나란히 누워 고운 꿈길 찾아가는 깊은 밤에, 서울방송국을 찾아 서슴없이 꿈 나래를 펼쳤다. 음미되지 않는 삶은 살 가치가 없다고 소크라테스가 말했다.

내가 사랑하고 아파하고 더러는 만족했던 지난 추억들이 아름다운 이유는 그것이 내 삶에 있어 다시는 되돌릴 수 없는 일들이기 때문이다.

그 겨울에 따뜻한 미소가 오래도록 나와 함께 했다.

2
가을을 배웅하다

인연

샛노란 모감주나무 꽃이 활짝 웃는다. 푸른 나뭇잎 사이로 고개를 쭉 들어 올린 품새와 색깔조차 조화롭다. 덕유산 자락을 짚어 올라가는 길에 찐 옥수수 냄새가 코를 찌르니 일행의 눈길이 옥수수에 가서 머무른다. 물어볼 것도 없이 잽싸게 사서 건네주는 그녀의 행동은 늘 인정이 넘친다.

쭉 뻗은 키가 부러운 친구는 파마를 생전 하지 않아도 머리는 늘 굽실굽실하다. 피부가 하얀 친구는 마음도 무척 하얗다. 동네 사찰에서 만난 우리는 동갑내기에다 마음도 맞아 그녀의 권유로 친목계에 합류했다. 다른 모임에 갔다가 맛난 음식이나 좋은 곳을 다녀오면 어김없이 우리에게 가자고 한다.

친구의 산악회에 하계 행사가 있었다. 그녀의 친구가 하계 행사로 복날을 맞아 산에 가지 않고 무주 구천동으로 일정을 잡았다는 연락이 왔다. 더위도 식힐 겸 모두 가자고 그녀가 재빨리 신청했다. 뻥 뚫린 길을 두세 시간 달려오니 눈앞에 무주 구천동이 진경산수화같이 펼쳐졌다.

가슴 깊숙이 숨을 들이켜니 공기가 상쾌하다. 산악회원들은 행사 준비로 분주하다. 열두 시까지 모이라는 말씀을 뒤로하고 우리는 녹음이 짙어가는 산으로 발길을 옮겼다. 눈먼 새도 돌아보지 않는다는 쉰 세대의 여인들은 봐 주는 사람 없어도 산사람이 되어 절로 즐거웠다.

제멋대로 얽힌 가지 사이로 예쁜 꽃들과 복분자며 싱그러운 머루가 익어간다. 채 익지 않은 맑은 청머루를 한 송이씩 따서 입에 넣어 터트렸다. 시큼한 맛에 입안에 침이 그득해온다. 이름 모를 산새들이 우짖는 정겨운 산길을 걷다 보니 배꼽시계가 알람을 해댄다. 가던 길을 그만 돌아서자니 서운함에 계곡을 타고 흐르는 맑은 물의 유혹을 떨치지 못했다. 잠시 손만 담가보자고 내려갔다. 아무래도 성이 차지 않는다. 발을 담그는 게 진짜 피서지. 누가 먼저랄 것도 없이 서둘러 신을 벗고 발을 담그니 소름이 돋을 만큼 시원하다.

장난기가 발동한 그녀가 납작한 돌을 찾아들고 물수제비를
치니 친구들이 차다고 놀라서 소리친다. 물수제비를 못 하는
우리는 손으로 사정없이 물을 끼얹어대니 손사래를 치며 두
손을 든다. 어려운 그걸 어떻게 터득했는지 그녀의 재주가 사
뭇 신기하다.

　　어린 시절에 엄마를 따라간 시냇가는 빨래터였다. 엄마가
비누칠을 척척 해서 방망이로 탕탕 두드려 옷을 치대주면 작
은 팔에 안간힘을 주어 엄마를 거들어 볼 양으로 빨래를 헹궜
다. 시냇물은 당연히 제가 할 일이라는 듯이 부글거리는 비누
거품도 빨래에 있던 때도 모조리 끌어안고 흘러갔다. 빨래를
함지에 담아 끙끙거리며 머리에 이고 볼일 끝난 개울가를 뒤
로하는 엄마의 바쁜 모습을 그려보니 지금의 나보다 젊은 새
댁이다.

　　어쩌다 동생들을 따라간 시냇가에서 물수제비 뜨기를 했
다. 동생들이 온갖 포즈를 재가며 팔을 휘둘러 납작한 돌을
날리면 돌멩이는 희한하게 두 번 세 번 퐁당퐁당 건너 뛰어갔
다. 보기만 해도 재미가 있어서 따라 했지만 잘 되지 않았다.
원래 여자아이들은 여자로 타고나고 남자아이들은 남자가
되는 법을 배운다고 했던가.

여름날 동네 개울은 우리의 놀이터였다. 낮엔 골뱅이를 잡아 국을 끓이고 밤이면 친구들이랑 첨벙거리며 목욕을 했다. 흐르는 시간 속에 개울 형태도 변했다. 이제는 쫄쫄거리며 겨우 흘러간다. 신이 나서 물수제비 뜨던 동생들의 모습이 물맑게 넘실대던 개울이랑 기억 저편에 있다.

집합해야 할 시간이 늦을세라 서둘렀는데도 벌써 큰 솥에서 김이 무럭무럭 오르고 너른 바닥에 군데군데 자리가 깔렸다. 손님이라고 앉아서 얻어먹기에는 염치가 없어서 김치와 오이, 고추, 된장을 그릇에 담아 부산하게 갖다 나르며 거들었다.

음식을 받아들고 우리 일행은 흐뭇했다. 금강산도 식후경이라는 그 말에 전적으로 동감한다. 닭다리를 뜯고 나니 금시 온갖 잡곡을 넣은 영양 죽이 한 그릇씩 돌아온다. 죽을 끓이신 분의 솜씨가 좋은 건지 맛이 그만이다.

"이제부터 보물찾기합니다. 여기서부터 언덕 위에까지입니다."

총무님의 지시가 끝나자 남보다 뒤처질세라 우르르 언덕을 올라갔다. 눈에 보이는 건 언덕 지킴이 엉성한 나무와 풀, 어쩌다 한 개씩 박힌 돌덩이뿐, 그 외에 별다른 게 보이지 않았다. 사람들이 우왕좌왕하니 절대로 어렵게 생각하지 말라는 힌트를 준다. 이리저리 찾아봐도 숨겨놓은 보물 쪽지는 눈에 띄지 않는다. 한참 만에 여기 찾았다고 소리치는 건 역시 그녀였다. 부지런히 오르내리며 찾지 못하고 헤매는 우리에게 도 표를 한 장씩 쥐어줬다. 남다른 재주를 지닌 친구다.

"1등상을 발표합니다. 상품은 빅 사이즈 브래지어입니다. 행운번호 35번."

자리를 정리하고 뒷설거지를 거들다가 화들짝 놀라 일어났다. 입가에 미소가 흘렀다. 미소는 인간의 심연에 담긴 호의를 전달하는 행위예술이라고 했던가. 간밤에 꿈도 없었는데 하지만 모든 일에는 공짜가 없다. 노래를 부르고 상품을 받아가란다. 노심초사하다가 첫 소절을 부르니 자연스레 합창이 된다.

세상을 살아가다 보면 수없이 많은 인연이 스쳐지나간다. 그 중에는 만나지 말았어야 하는 인연도 있고, 만나서 다행이다 싶은 인연도 있다. 그녀와의 만남은 나에게 특별하다. 한때 다리가 불편해서 집 안에만 들어박혀 있을 때, 그녀는 무작정 나를 태워 바깥바람을 쐬어주는가 하면, 이따금 좋은 구경이 있다며 내 손을 이끌곤 했다. 구청별 주부합창공연도,

늦깎이들의 기타 공연도 그녀 덕분에 보았다. 어디서 표가 생기면 영화도 무시로 보러 갔다. 수성아트피아도 그녀와 제일 먼저 가 보았다. 그녀가 있었기에, 나의 세상은 넓어졌다.

그대 안녕하신지

아침 햇살이 따사롭다. 병원에서 퇴원한 후에 안녕을 묻는 편지를 보내왔다. 뜻밖이었으나 반가웠다. 안녕하다는 게 얼마나 고마운 것인지 몸소 체험했던 터라 진심으로 가슴에 와 닿는다. 아무 탈 없이 편안한 것이 안녕인데 하룻밤 사이, 아니 잠시 잠깐 사이에도 어떤 탈이 생길지 우리는 앞날을 모른다. 인생이란 것은 예측할 수 없기에 현재의 삶에 충실하라는 것이리라.

얼마 전에 보험공단에서 건강검진을 하라는 안내장이 왔다. 예방 차원에서라도 검진해서 나쁠 건 없다 싶어 짬을 내어 병원에 갔다. 좌측 신장 쪽이 좋아 보이지 않는단다. 사진을 찍어봐야 알겠지만, 초음파상으로는 아무래도 결석인 듯하다고 했다. 이년 전 검진 때도, 그 얘기를 들었지만 흘려들었다.

모처럼 외손녀도 한 번 볼 겸 틈을 내어 딸내미 집을 찾았다. 날이 새자 사위가 누렇게 얼굴이 떠서 병원에 가겠단다. 어디가 많이 안 좋은가 했는데 병원에 도착한 후 수술을 받아야 한다고 전화가 왔다. 요로결석, 그놈이 사람을 '악' 소리도 못하게 아프게 했던 것이다. 남자들이 여자의 산통을 비슷하게 겪게 되는 유일한 병이 요로결석이라고 했다. 그걸 모르고 혼자 아픔을 참아낸 사위가 애틋했다.

요로결석 때문에 사위가 밤새 끙끙거리며 고통을 겪던 일이 떠올라 이번에는 무심히 들을 수가 없었다. 사진을 찍어보니, 크기가 2cm 가량으로 보통의 두 배였다. 바로 수술을 해야 한단다. 의술이 좋아진 요즘에는 몸에 칼을 대지 않고 레이저도 아니고 체외 충격파 쇄석술을 한다고 했다. 퇴원을 바로 할 수도 있다고 해서 예약을 한 후에 이튿날 병원을 다시 찾았다. 낯선 장소는 마음부터 긴장된다. 마음 따라 몸에도 힘이 잔뜩 들어간다. 생소한 분위기에서 느끼는 일종의 자기 방어본능인가.

안내하던 간호사가 편히 누우라고 한다. 반듯하게 눕혀놓고 옆구리를 쿵쿵 때리는 충격파는 가히 진하게 전해오는 아픔이다. 간호사가 귀에 대어준 이어폰의 음악이 감미롭다. 관광자원으로 훌륭한 금강산 일만 이천 봉, 내로라하는 설악산 울산바위, 하다못해 깊숙한 동굴 속에 거꾸로 매달려 폼을 재는 모양 좋은 석순들도 있는데…. 좋은 자리 놓아두고 터를 잘못 잡은 돌에게 우리가 같이 공존할 수 없음을 이렇게 알리게 되어 유감이다.

집으로 돌아온 후에는 수술이 문제가 아니었다. 기분 좋지 않을 만큼의 통증이 계속되는데 나중에는 구토가 나올 지경이다. 서둘러 다시 입원을 하고 헐렁한 환자복에 링거까지 달고 나니 중환자가 따로 없다. 겁이 많은 나는 여간 아파도 병원을 좀처럼 가지 않는다. 삐었을 때, 침을 맞으러 한의원에 갔던 기억이 희미할 뿐이다. 평소 가까이하지 않던 병원을 스스로 찾아왔다. 급하니까 사람이 이렇게 변한다.

혈관을 타고 희멀건 주사액이 들어가니 우는 아이 잠을 재운 양 통증이 스르르 가라앉는다. 한결 살 것 같다. 시름없이 누워서 밖을 보니 하얀 창문 사이로 나뭇가지가 잔잔히 흔들린다. 아마도 새가 나무를 옮겨 다니며 새봄을 노래하는가 보다. 잠자던 생명이 깨어나는 소리로 봄이 오는 길목은 늘 부산하다. 되돌아보면 먹고 산다는 데 너무 집착을 하고 산 것일까. 일상의 굴레에서 벗어난 지금의 시간이 오히려 어색하다.

주위가 어두워진다. 가만히 눈을 감는다. 내 어릴 때 천장의 꽃무늬가 춤을 추며 겹치더니 사방으로 커지면서 펴져 나가 아이의 작은 앙가슴을 억누르며 숨을 막는다. 숨이 턱까지 막혀왔으나 소리 지를 힘도 없이 허우적대다가 엄마가 흔들어 깨워서 숨을 고른다. 다시 잠에 빠지자 휴지통 쓰레기들이 넘쳐나면서 아이를 덮쳐온다.

어린 시절, 펄펄 열이 끓는 이마를 짚어주며 '가위 눌렸구나!' 하신 그 말이 무슨 뜻인지 한참 클 때까지 몰랐다. 어릴 때 잔병은 많이 하지 않았지만 한 번씩 심하게 아파서 부모님의 애를 태우곤 했다. 언제 내 안에 돌을 이만큼 키워왔는지 한 번씩 탈을 내는 내 어릴 적 습관들이 도지나 보다. 병원의 고요한 적막을 깨고 와자한 소리가 난다. 손녀딸을 안고 사위와 딸내미가 들어왔다. 아프면 약해지는 게 사람 마음이던가. 바쁜 중에 틈을 내어 와준 아이들을 보고 반가우면서도 쓸데없이 왜 왔느냐는 말을 건넨다.

따사로운 봄 햇살이 병원의 하얀 창문 안으로 쏟아져 들어온다. 퇴원 절차를 밟는다. 우리 병원에서 얼굴을 자주 보지 않으려면 물을 충분히 먹고 저염식을 하라는 선생님의 당부가 그림자가 되어 내 뒤를 바짝 따라온다.

만산홍엽

　친구들과 길을 나섰다. 만추의 산야는 갈바람에 소나기처럼 흩날려 떨어지는 낙엽과 듬성듬성 피를 토할 듯 붉게 타오르는 단풍이 어우러져 처연하고 아름답다. 문득 자기 색깔대로 우정을 나누는 우리도 가을풍경처럼 아름답다. 우연히 만나게 된 닭띠 친구, 그리고 그의 친구들. 마음이 맞아 모임을 가진 지 십여 년이다. 우리는 만나면 웃음꽃이 피우며 정을 쌓았다. 우정도 사랑이라는 이름표를 달 수 있지 않을까.

　삼월에 계대 한학촌에서 시작한 사자소학 수업을 수강하였다. 이십여 명의 수강생들이 첫인사를 나눌 때 같은 나이가 셋이나 되었다. 서너 달 후에 도산서원과 선비마을 답사가 있었다. 자연스럽게 동갑끼리 자리를 같이하면서 따뜻한 마음이 교류되었다. 여름에 친구가 친목모임에서 계곡으로 놀러 간다고 했다. 참가 인원이 적으니 우리도 같이 가자고 청을 해서 참석하였다. 허물없이 즐기다 보니 앞으로도 더러 얼굴을 보자고 한다.

목적 없는 만남보다 시간이 걸리더라도 적금을 부어서 먼 나라 여행을 가기로 하고 '여정회'라 이름하였다. 그렇게 시간은 흐르고 부푼 가슴을 안고 첫 여행을 가게 되었다. 여행지의 숙박은 2인 1실이다. 그런데 어느 친구하고는 한방을 쓰지 않으려는 모종의 기류가 흘렀다. 아이 자란 게 어른이라더니 별수 없이 속 보이는 짓을 하는 데 나 또한 편승했다. 다윈이 '인간은 기본적으로 다른 동물들과 같이 동물적 특성을 공유하고 있으며, 본성적으로 이기적이고 충동적이며 공격적인 존재다.'라고 했던가. 서로 마음들이 상했지만 그 와중에도 가이드를 따라다니며 부지런히 관광하였다.

어둠이 다가오면 어느 나라나 별반 다르지 않다. 거리와 상점에 하나둘씩 불이 켜지면 어느새 해질 무렵의 서늘함은 사라지고 그 자리에 화려한 풍경이 열린다. 네온사인이 켜진 상점들은 낮보다 환한 불빛을 드러내며 따뜻하고 사랑스러운 거리를 만들어냈다. 세인트로렌스 강 너머로 보이는 마을도 고요함 속으로 서서히 침잠해가고 있었다. 와인을 곁들이며 가는 밤이 아쉬워 한방에 모여 앉아 수다가 늘어졌다. 낮에 사 왔던 수제 초콜릿으로 서로 어색한 마음을 녹이고자 했다.

친구들은 서로 소원해졌다. 까닭 없이 가슴에 찬바람이 휑하니 지나갔다. 모임이 삐걱대기도 하면서 만남은 계속되었다. 나는 시간의 흐름에 감사한다. 시간은 모든 것을 삼킨다. 서운함의 무게조차 조금씩 가볍게 해주는 세월. 때가 되자 친구들의 아이들이 하나둘씩 출가를 했다. 속절없는 세월이 아쉽고 서글퍼진 우리는 모임 때만이라도 마음껏 웃고 즐겁게 살자며 손을 잡았다.

이곳저곳 맛있다는 음식점을 탐방하는 재미도 쏠쏠하다. 오늘은 딱히 어디라고 장소를 정하지 않는다. 만나서 결정한다. 산채 밥이 먹고 싶으면 김천 직지사로, 미나리가 생각나면 청도로, 조용히 놀고 싶을 땐 디저트까지 갖춰진 레스토랑이 좋다. 이 나이에 잘나면 누가 얼마나 잘났겠는가. 타고난 성격은 다르지만 너와 나의 경계를 무너뜨리고 그대로 보게 되니 무얼 하더라도 그저 예쁘다.

어디가 좋다고 주선 잘하는 입담 좋은 친구, 장거리 운전이라도 끄떡없는 친구, 꼼꼼해서 계산에 착오가 없는 친구, 어디라도 잘 따라주는 친구, 가수 뺨치게 노래를 잘 부르는 내 친구가 있다. 허허로운 계절, 빈 들판이어도 허기 느끼지 않을 꿈이 곱다. 나무들이 제각각 저만의 색깔이 있지만 서로 어우러져 만산홍엽을 빚어내듯이, 우리도 그들처럼 아름다운 화음으로 다시 어울리리라.

공정하지 못한 일

불편한 것은 참을 수 있지만, 불공평한 것은 참을 수 없다. 할인분양하려면 내 재산을 보상하라. 비상대책위원회에서 알린다는 방송 소리에 단잠이 후딱 깬다. 홀수 동은 오전에, 짝수 동은 오후에 집회에 참가하란다. 어느 건설사의 아파트를 분양받아 이사한 지 석 달째다. 태화강변을 끼고 우뚝 선 아파트는 경관도 좋지만, 운동 삼아 산책하기에도 쭉 뻗은 십리 대밭길 하며 코스가 그만이다. 주저하지 않고 그 아파트에 입주하기로 결정한 것은 굴지의 대기업에서 지었다는 신뢰감이 가장 크게 작용했다.

아파트 공사를 7월에 마치고 분양에 들어간 지 석 달째,

1,280세대 중 900여 세대가 분양되었다. 몇 년이 지나 아파트가 낡아버린 것도 아닌데 분양업자는 일방적으로 파격적인 할인분양을 한다고 온 천지에 현수막을 내걸었다. 처음 분양할 때 평당 가격이 다른 곳보다 월등히 비쌌지만, 입지 조건이 좋은 아파트니까 살다 보면 조금이라도 오를 거라는 작은 소망을 깡그리 밟아버리는 것 같았다. 두세 달 전만 해도 남은 게 거의 없다고 큰소리치면서 분양해 놓고 남은 게 많아서 할인분양에 들어간다는 뚱딴지 같은 소리에 어안이 벙벙하다.

어릴 적 운동회 하는 날 청군 백군 편을 갈라서 '우리 편 이겨라'고 얼굴이 빨개지도록 목청껏 외쳤다. 전교생이 삼삼칠 박수에 맞추어 응원 부장이 이끄는 대로 손뼉을 치고 노래하며 응원하였다. 우리 편이 이기면 환호 소리가 운동장을 가득 채우고 담장을 넘어간다. 집단적으로 목소리를 크게 낸 일은 그때 말고는 내 기억에 거의 없다. '지는 게 이기는 것이라고 남하고 싸우지 마라'는 엄마의 당부를 실천이라도 하듯이 누구에게 드세게 대들고 싸움을 거는 걸 원래 잘하지 못한다.

할인분양으로 제값을 다 주고 분양받은 이들은 하루아침에 집값이 떨어지는 낭패를 보게 되니 성난 주민이 비상대책위원회를 결성하여 건설사를 성토하였다. 아파트 정문 앞에 현수막을 내걸고 대오를 정렬하여 모여 앉았다. 위원장의 선창에 따라 복창하는 주민 사이에 나도 같이 앉아 구호를 외쳤다. 울컥 목젖을 타고 올라오는 뜨거움을 삼켰다. 속이 아리다. 두어 달 사이에 누구는 기천만 원 가량을 싸게 사다니. 돈한 푼 벌기가 그리 쉬운가. 있는 돈을 쓰더라도 가치가 있는 곳에 써야 한다. 자기들 표현대로라면 '명품 아파트'가 시드는 채소나 과일 값이 아니지 않는가.

예전에 굴착기 기사가 파출소를 부수고 난동을 부렸다. 시에서 나온 단속반이 다 같이 주차했는데 다른 차는 놔두고 자기 차량만 주차 위반 딱지를 끊었다고 했다. 공평하지 못한 처사에 의분을 토하는 기사의 행동은 비단 기사만의 잘못일까. 설사 단속이 불공정했다고 하더라도 단속 공무원에게 행패를 부린 것을 옳다고 할 수는 없다. 공무원의 처사가 마음에 들지 않는다고 파출소를 부수는 걸 용납할 수도 없다. 그렇지만 이 사건은 법의 집행 과정이 공정하게 보이지 않았기 때문에 당사자는 그 결과에 승복하지 못하였다.

미국의 어느 교수가 시카고 시민 1,575명을 상대로 어떤 경우에 경찰이나 법원의 조치에 승복하게 되는지를 조사했다. 사람들은 그 설문에 '결과가 나한테 유리하게 나왔을 때보다 절차가 공정하게 진행되었을 때'라고 답을 했다고 한다. 어떤 때 절차가 공정하다고 생각하는지에 대한 설문에서는 '경찰이나 판사가 편견에 사로잡히지 않고 중립을 지키려 할 때'라는 응답이 절대적이었다고 한다. 사람들은 마음속에 무엇이 공정한가에 대한 본능적인 감각을 지니고 있다. 무지몽매한 대중이라도 시간이 지나면 깨닫게 되는 것이 세상의 이치이다. 공정한 사회가 행복한 사회가 아닌가.

대기업의 무자비한 이윤 추구 앞에 쓰러지는 중소기업의 참담한 모습은 이제 새로운 뉴스거리가 아니다. 불공정한 하도급 거래 실태와 부당한 단가 인하로 중소기업을 막다른 길로 내닫게 하면서, 소비자에게는 비싸게 팔아 이윤을 극대화하는 비상식적인 사고방식을 다시금 진단해 봐야 한다. 대기업과 중소기업은 각자의 특허 기술을 살려서 동반성장을 하여야 하건만 중소기업이 잘되면 대기업이 병합해버린다. 현실적으로 중소기업은 그저 하청하는 위치에 머무르는 수준이다. 그러다 보니 젊은이들은 무엇인가를 새로이 만들고 도전하기보다 대기업 취업에 목을 매는 실정이다.

경제가 튼튼해지려면 중소기업이 받침이 되어야 한다는 게 주지의 사실이다. 개인을 중심으로 소규모 창업 운영이 가능

하므로 국민 역량을 최대한 활용하는 방법이기도 하다. 경제 성장과 일자리 부족의 문제를 해결할 수 있는 최선의 대안으로 중소기업의 성장은 참으로 중요하다. 우리 대기업들은 노블리스 오블리제 정신을 언제 배우려는가. 약자를, 힘없는 서민을 우롱하는 게 힘을 가진 대기업이 할 짓은 분명 아닐 텐데 말이다. 촛불시위나 파업시위 등 매스컴을 통하여 보아왔던 데모가 갑작스럽게 나의 일이 될 줄 짐작도 못 했다.

이른 새벽, 안개 낀 강가를 홀로 거닌다. 한 무리의 새떼들이 무엇에 놀란 듯 날아오르더니 공중을 한 바퀴 돌고는 다시 강가로 내려앉는다. 여명이 물에서부터 시작된다. 참으로 평화로운 광경이다. 한동안 넋을 놓고 지켜본다. 자연은 이렇게 평화롭기만 한데 우리 입주민만이 치열한 전투를 치르고 있다. 언제 끝날지 알 수 없지만 우리는 할 수 있다. 공정하지 못한 처사를 그대로 간과할 수는 없지 않은가. 나는 오늘도 비대위의 지휘 아래 홀수 동 주민과 오전 시위에 참가하였다. 손끝만 대어도 쨍하고 금이 갈 것 같은 이 가을 쪽빛 하늘 아래 목청을 돋우어 소리를 외친다.

불편한 것은 참을 수 있지만, 불공평한 것은 참을 수 없다.

내 탓이로소이다

잔뜩 무거워진 하늘이 낮게 내려앉는다. 마음이 무거워지니 몸조차 물먹은 솜이 된다. 까닭 없이 이런 현상은 쉰 살을 훌쩍 넘긴 나이 탓이런가. 옛말에 잘되면 내 탓이요, 잘못되면 조상 탓이라고 했다. 누구를 막론하고 핑계가 없는 사람은 별로 없다. 속담에 핑계 없는 무덤이 없다고 하지 않았던가. 몇 해 전에 '내 탓이로소이다.'라는 운동을 펼치는 어느 성직자의 글을 보고 신선한 충격을 받았다. 우리 사회에 병폐를 꼭 찍어 낸 듯한 그 말은 매스컴을 통해 일파만파 전해지고 그에 동조하는 일렁거림이 있었다.

어디서 무슨 문제가 생기면 그건 무엇 때문이라는 등 항상 어떤 이유가 붙는다. 솔직한 사과가 자신과 남에게도 좋은 이미지를 남길 수 있지 않을까. 잘난 사람일수록 잘못을 인정하기는커녕 도리어 큰소리치고 무시하고 덮어버리는 행위가 공공연하다.

국민으로서 당연히 지켜야 할 국방의무를 앞장서서 본보기가 되어야 하는 인사들의 자녀는 이 나라 국적이 아니거나, 군대가 아닌 곳에서 군 시절을 보낸다. 일명 신의 자식이라나. 신이 되지 못한 우리 아들들은 살을 에는 추위와 불가마 더위에도 아랑곳 하지 않고 국방의 의무를 다한다. 국민의 의무이자 나름대로 애국하는 길이며 자식을 반듯하게 키우는 방법이라고 생각하기에 편법을 쓰지 않는 것이다.

평소 장거리 운전을 하지 않는 남편과, 아이를 춘천 102보 부대까지 바래주고 돌아오던 날 고개 들어 쳐다본 하늘은 쾡하고 세상이 텅 비었다. '인마, 잘하고 돌아오너라.' 입가에 미소 띠고 아이와 악수하는 남편은 아이 손을 놓질 못했다. 대답하던 아들도 이제 미지의 세계에 적응해야 하는 두려움을 감지한 듯 표정은 굳어갔다. 그로부터 얼마나 흐른 시간이었는지. 2주 훈련만 끝나면 면회가 된다고 하던 처음의 말과 달리 비상사태라면서 면회가 되지 않으니 오지 말라고 전화가

왔다. 하고 싶은 말도 꺼내기 전에 급히 전화를 끊어야 했다.

앉으나 서나 마음 한 자락 편하질 않다가, 3개월 뒤 휴가 나온 아들은 얼굴에 살이 오르고 행동에 절도가 있었다. 새벽같이 깨우지 않아도 벌떡 일어났다. 이렇게 통과의례를 거쳐서 어른이 되는 거라고 아픈 가슴 참으며 마음의 위로를 삼았다.

얼마 전 어느 그룹 회장의 올바르지 못한 행동이 온 나라를 떠들썩하게 만들었다. 자식에 대한 그의 유별한 애정이 저돌적인 성격과 결합되어 돌출한 행동이라고 이해하려 애써 봐도 납득이 가지 않는다. 우리 사회 지도층 인사들의 노블리스 오블리제가 결여된 의식세계의 한 단면을 적나라하게 보여주었다. 대기업 총수로서 사회적 책임을 망각한 그의 태도는 최소한의 인간 권리도, 법도 그의 안중에 없었다. 빗나간 그의 특권의식은 기업 내에서도 남다른 특별 경호 행태 등 독선적인 황제경영을 해왔다고 한다.

이런 뉴스를 접하는 대다수의 힘없는 소시민은 씁쓸한 마음을 감추지 못했다. 글로벌 시대가 다가온 지금의 세계는 가족주의, 민족주의를 벗어나 다원화 사회가 되어간다. 주식회사 현대자동차의 과격한 노조 행위를, 나라와 경제를 바로 보라며 시민 단체에서 중재를 시켰다. 개개인의 욕심을 다 채울

수는 없다. 시민의식이 돋보이는 더불어 사는 사회, 나눔의
사회가 아름답지 않을까. 그러기에 내 탓이라는 그 말이 요즘
더욱 귓전에 맴돈다.

나를 슬프게 하는 것

웃고 있는 내 모습이 너무나 생뚱맞다. 마음에 영 들지 않는다. 퉁실한 얼굴에 미소는 어울리지 않았다. 지난 6월에 농협중앙회 주부대학 졸업식에서 사진을 찍었다. 볼일이 있어서 한 달이 거의 지나 이제야 그것을 찾았다. 혹시나 하고 기대를 했는데 역시 그랬다. 나이와 비례해서 살집은 좋아지고 부은 듯이 보이는 사진을 들여다보다가 부은 볼이 더 부었다.

예전에 남들같이 날씬했던 시절이 있었다. 살이 두려운 줄 몰랐던 새댁은 야참을 좋아하는 남편을 따라서 색다른 재미를 즐기며, 보글보글 수제비 끓여서 한 그릇씩 뚝딱 먹었다. 비빔국수를 해 먹기도 했다. 그때는 야시장이 한 번씩 설 때가 있었다. 유독 먹거리 장터에만 사람들이 북적였다. 많은 이들이 밤에 음식을 즐겨먹는다는 사실을 알았다.

어느 늦은 밤에 친구 서넛을 대동하고 들어온 남편이, '우리 집사람 수제비가 일품이야.'라고 새댁을 추켜 주니 신바람이 났다. 시어머니가 끓이는 수제비는 걸쭉하게 반죽을 해서 숟가락으로 떠서 넣는다. 나는 친정에서 해먹던 대로 야무진 반죽을 손으로 뜯어 넣는다. 된밥을 즐기는 남편 식성에 그런 수제비가 입맛에 더 맞았던 것 같다. 먹은 자리에서 텔레비전을 보다가 그대로 꿈나라로 갔다. 덕분에 살들은 살금살금 누구도 눈치를 채지 못하게 부피를 키워 갔다. 누굴 탓할 것도 없이 관리하지 못한 나의 불찰이다. 포식해도 살찌지 않는 행운을 지니지 못했음이 못내 아쉽다.

어제는 폰을 바꾼다는 아들을 따라 매장에 갔다. 슬림형 터치폰 등 별도로 돈 들지 않고 드라마를 볼 수 있다며 여러 제품을 설명한다. 날씬한 폰들을 보노라니, 두툼한 폴더형인 내 휴대폰까지 바꾸고 싶은 마음이 일었다. 이것저것 물어보니 어른은 쓰고 계신 폰이 없느냐고 한다. 지금은 할인이 되지 않아 가격대가 비싸니 그냥 쓰란다. 쉰 세대는 상품 구매 연령대에서도 한참 밀려났나 보다. 고가의 상품을 사지 않으니 매력이 없기는 하겠다.

　텔레비전 프로그램에서도 이제는 어른을 위한 것은 아주 드물다. 10대, 20대가 채널도 좌우한다. 어디서든 어른들이 설 자리는 점점 좁아지고 있다. 젊은이들은 어른들이 살아오며 터득한 지혜는 시대에 맞지 않는다고 한다. 어른들의 말발조차 먹혀들지 않는다. 어른들이 대접받기는 고사하고 뒷자리로 밀리기만 하는 시대다.

　그래도 어쩌랴. 이곳저곳에서 밀려나 고독 속에 홀로 남겨지더라도 조용히 차 한 잔을 마실 수 있는 여유를 가질 수 있다면 즐겁고 행복하지 않은가. 오뉴월 찜통더위 속에도 시원한 바람이 한 번씩 불어 더위를 식혀주니 아주 좋다. 퍼주기만 하고 되돌려 받지 못하더라도 슬퍼하지 말자. 아직도 퍼줄 사랑이 내게 남아 있으니 그게 행복이 아닌가.

　마음에 들지 않은 사진이지만 세상에서 내가 가장 잘 아는 편한 얼굴이다.

새댁이

섣달 스무사흗날, 설을 일주일 앞둔 오늘은 시어머니 생신
이다. 언제나 마찬가지로 우리집에 모이기는 하였지만 점심
은 외식을 하였다. 종일 집에서 먹기보다 한결 수월했다. 우
리 오 남매 부부와 아이들 서넛, 근동에 사는 일가들이 오랜
만에 만나다 보니 안부 묻기와 이야기가 바쁘다. 생일 축하
노래를 합창하는데 호칭도 다양하다. 할머니, 우리 엄마, 어
머니, 고모, 이모, 형님 등 어머니 쌓아 오신 연륜만큼 호칭도
많았다. '짝짝짝' 박수와 폭죽을 터트리며 분위기가 무르익
었다.

문득 작년에 있었던 시누 형님 생일이 생각난다. 시집가서

처음으로 제날짜에 생일날을 맞았다는 상주에 사는 작은 시누 형님은 윤칠월이 생일이다. 윤사월이나 윤유월은 흔히 있어도 윤칠월이 드물어서 시집간 이후 처음이라면서 형제들을 초대하여 크게 한턱내겠다고 했다. 모두들 없는 시간을 내어 기분이 좋은 작은 시누 형님 부부를 축하하러 갔다.

"우리 새댁이가 처음으로 생일 옳게 찾아먹는다."라며 형님네 큰동서분이 인사를 했다. 웬 새댁인가 싶어서 우리들 눈이 휘둥그레지니 상주 작은 형님은 멋쩍게 웃으시며 이 지방에서는 먼저 시집 온 동서분이 아랫동서한테 새댁이라고 부른다고 했다.

"늘그막에도 그렇게 부르냐?"라고 물어보니 호칭이 그렇단다. 우리는 재미있다는 표정으로 눈웃음을 주고받았다. 돌아오는 길에도 '형님 새댁이'를 다시 읊조리며 상주말이 참 재미있다며 웃음꽃을 피웠다. 상주 시누 형님의 작은아들 장가들여 갓 시집온 새댁이 있는 우리 작은 시누 형님이 여직도 새댁이라 불리다니.

'새댁이'는 참 정감 가는 말이다. 갓 시집온 새댁이, 젖먹이 한창 키우는 젊은 새댁이. 내가 새댁이었을 때 동네에는 시어머니들이 많았다. 귀한 딸 없이 며느리 없건만 인정을 두지 않았다. 다리를 내놓고 다니면 어느 집 며느리 벌건 다리 내놓고 다녀서 흉하다고 난리다. 꽃 같은 새댁이 시절에 동네 여러 입들이 무서워서 시어머니가 주시는 허드렛바지를 입고 빨래하였고 고무 치마 입고서 시장에 갔다.

밤새 기저귀 적셔 내는 젖먹이 한창 키울 때였다. 낮에 아기 잘 때, 함께 한숨 자고 싶은 유혹은 떨쳐내기 힘들었다. 잠시라도 빨래가 쌓이게 두어서는 밤새 쓸 기저귀가 모자랄까 봐 여린 마음에 동동 구르며 정신없이 살았다. 동그란 눈을 떠서 엄마랑 눈 맞추면 방긋 웃는 아기가 있어 힘을 얻었다. 돌이켜 보니 참으로 새색시 시절이다.

우리 사고를 여지없이 깨뜨리는 육십을 바라보는 우리 시누 형님도 평생 새댁이라, 사투리가 아니고서는 접해 볼 수 없는 우리말의 오묘함이 그 속에 숨어있다. 생각해 보니 이치에 맞기는 하다. 자신보다 뒤에 시집왔으니 새댁이 맞겠다. 지역마다 쓰이고 있는 사투리는 지역 성향을 나타내기도 한다.

내가 자란 곳은 충청도이다

'아부지, 돌 굴러 가유.'라는 말이 끝나기도 전에 그 아부지는 돌 맞았다는 말이 전해온다. 바쁘지 않고 점잖아서 충청도

양반인가.

교양 있는 사람들이 쓰는 현대 서울말을 표준어라 한다. 감칠맛이 나기로는 표준어가 사투리를 따라가지 못한다. 맛깔스러운 어휘, 생생한 발음 등, 그 매력 때문에 방송 드라마나 영화에서도 사투리는 약방의 감초 같은 역할을 한다.

내가 시집와 사는 경상도 사투리도 또한 매력이 있다.

국수는 밀가루로 만들고, 국시는 밀가리로 만들었다.

국수는 봉지에 담아주고, 국시는 봉다리에 담아준다.

국수는 슈퍼나 가게에서 아줌마가 팔고, 국시는 점방에서 아지메가 판다.

국수는 간장으로 간을 맞추고, 국시는 장물로 간을 맞춘다.

국수는 서울 사람이 주로 사고, 국시는 갱상도 사람이 사 먹는다.

인정이 넘치는 사투리를 들으면 웃음을 띠게 되며 마음조차 너그러워진다. 구전되어온 우리 사투리를 단디 보존하는 사투리 동호회라도 만들어야 하지 않을까.

가을을 배웅하다

나지막이 내려앉은 산자락을 감아 안고 둥지 튼 골짜기에 백양사가 있다. 달구벌 수필 문학회에서 가는 문학기행이다. 좋은 사람들과의 만남은 언제나 마음이 설렌다. 그 거리에 가을이 있었다. 만추의 산야는 듬성듬성 피를 토할 듯 붉게 타오르는 단풍이 어우러져 처연하고 아름답다.

가을의 정점에서 그들을 부르는 소리에 화답이나 하는 듯, 한때 너울너울 치장한 고운 옷들을 벗고 있다. 어느 시인이 말했듯이 떠나갈 때를 아는 이의 뒷모습은 아름답다. 아직도 타오르는 아름다움이 황홀하건마는 미련을 더 두지 않는 그들의 성정은 나의 본보기가 되기에 추호도 모자람이 없을 듯하다. 곱게 물든 단풍을 바라보며 소리치는 찬사가 싫지는 않았으리라. 떨어진 단풍은 한 몸 바쳐 거름이 되기를 불사하지 않는다.

발밑에서 사각거리는 소리가 예전에도 그랬듯이 마냥 정겹다. 학창시절 더러 산으로 소풍을 갔었다. 우리는 다람쥐가 뒹굴다 간 자리에 낙엽을 고르고 둥글게 둘러앉아 김밥을 먹었다. 산속에서의 꿀맛 같은 김밥 맛은 지금 생각해봐도 세상의 어느 맛에도 비할 수가 없다. 청량한 날씨, 풍부한 산소 때문일까. 보기만 해도 웃음꽃이 피는 친구들도 한몫했을 거다. 소풍놀이 중 수건돌리기는 단골 메뉴다. 소녀들이 까르륵 웃음을 토해내면, 가을산은 빨갛게 낯을 붉혔다.

가을을 가슴 깊이 들이켜 본다. 순환에 대한 그들의 결정은 빛나는 지혜이리라. 지나간 일을 되새김하는 소용없는 힘의 소모, 미처 오지도 않은 일에 걱정을 먼저 하는 소심한 내 삶의 자세. 희망이 없는 일에 미련을 버리지 못하고 가슴을 끓이는 모순되고 편협한 사고를 이제는 청산해야겠다고 다짐을 두어본다. 그 정열을 들이부어 앞날의 희망을 만들어가야 하리라. 가는 세월을 잡을 수 없기에 삶이 아름다운 게 아닐까. 봄이면 푸르러 오는 새잎이 작년에 본 그 잎이 아닐지라도, 잠에서 일제히 깨어나 기지개 켜듯 움트는 새로움이 있기에 기다리는 봄이 아름다운 거다.

내가 우리 아가를 안고 토닥였던 것이 아득한 기억 속의 일인데, 이제 우리 아이의 방긋 웃는 간난 애기를 품에 안아보니 사랑이 솟구친다. 사람에게서 희망을 보는 것일 게다. 오래 산다는 것이 어쩌면 매력일지 몰라도 할일없는 노인만 그득하다면 희망이란 단어는 아마 그 존재가치가 없어지리라. 때가 되면 왔다가 떠나가는, 자연에 동화되어 사는 인생도 아름다우리.

변화하는 원리를 이날껏 살아오면서도 바로 알지 못했다. 계절을 역행하기도 하고 그렇게 의지대로 살면 되는 거라는 편리함과 오만함이 지구를 담보 잡았다. 자연과 더불어 사는 조상들의 지혜는 시대에 떨어진 것이라고 서구의 문명만을 무조건 좇았다. 오염된 환경은 게릴라성 폭우와 폭설 등으로 우리에게 되돌아와 제멋대로 춤을 춘다. 적당히 편리함에 한몫을 보태며 살아왔다. 하지만 이제라도 조심스럽게 자연을 알아가는 지혜를 그들에게서 배워본다. 마음으로 재어가며 살아가는 나의 걸음걸이가 어찌 편안하였으리.

세상에 나서지 않고 저절로 그렇게 살아간다는 무위의 삶을 노래한 노자의 삶에 한걸음 살며시 다가가 본다. 떠나가는 가을이 있기에 우리에겐 동장군과의 재회가 있다.

해님이 고개 내미니 쳐다보는 뭇 눈길이 부끄러워 더 빨개지는 그들의 사랑스러운 모습이다. 바람을 따라 와사삭 몸을 떨더니 고운 옷을 벗고 단출해진 몸으로 겨울을 준비하는 그들의 몸짓에 내 마음을 담아본다. 여러 수목들이 어우러져 빚어내는 현란한 가을 속에서 지나간 세월을 읽었다. 어디서 와서 어디로 가는지 해답을 얻지 못할 질문들을 단풍 비 사이로 띄워 보냈다. 나는 오늘 산사 거리에서 가을을 배웅하였다.

3
나의 꽃자리

등 떠밀기

평생교육원 가요교실에서 월말마다 노래자랑을 한다. 서로 떠밀다가 주저앉은 지난달이 못내 아쉬웠을까. 이번에 친구와 합동으로 그녀의 등을 떠밀었다. 우리끼리 듣기가 아까울 만큼 노래를 잘 부르는 그녀는 평소 씩씩하건만 이럴 때는 여성 특유의 수줍음이 있었다. 성량도 풍부하고 리듬감이 아주 좋다는 선생님의 칭찬과 회원들의 박수가 쏟아졌다.

그녀는 노래를 잘 불렀다. 저만큼만 부르면 좋겠다는 우리 마음과는 달리 고개를 갸웃대며 전문 지도를 받고 싶은 마음을 오래전부터 가지고 있었다. 취미가 노래이다 보니 가수처럼 잘 부르고 싶은 거다. 상품을 나눠 받고 시원한 팥빙수를 먹으며, 다음 달에 내 등도 떠밀렸으면 싶지만 스스로 내 실력을 아는 탓에 입가에 미소만 머금는다.

　자기 설계를 하며 사는 사람들은 많지 않다. 대부분의 사람은 마음에 있든 없든 떠밀리며 살아간다. 그녀는 늘 주체로 살아간다. 여행을 가더라도 대부분 그녀가 주동이 된다. 그녀와는 달리 등 떠밀리듯이 기회가 부여되면 그때부터 나는 날개를 펼친다. 희망에 부푼 파란 풍선 하나를 내 안에 품는다. 외도로의 여행도 그녀가 주도하고 나는 등 떠밀리듯이 함께했다. 지난주에 거제도로 방생을 갔다 왔기에 매주 나들이 가겠다고 하려니 차마 입이 떨어지지 않았기 때문이다. 하지만 남들은 서너 번씩 가 보았다는 외도 여행을 포기할 수 없었다. 한 번도 보지 못한 외도가 눈앞에 어른댔다.

　외도를 그리워하는 아줌마들은 황홀한 낭만에 겨워 아예 뱃전에 자릴 잡았다. 뚜우~ 뚜우~. 그때 들려오는 고동소리, 그 소리는 선장의 입에서 나오는 소리였다. 그 고동소리에 갈매기가 멀어졌다가 가까워지고 바다가 일렁대며 몸부림친다. 입으로 부는 소리인데 실제의 고동소리처럼 들렸다. 그런 재주를 타고 난 선장은 방송에도 여러 번 출연했단다. 베테랑 선장의 구수한 입담이 외도 여행의 흥을 돋우었다.

갖가지 모양새의 나무와 울울창창한 숲, 저마다 예쁘게 피어있는 꽃들, 그 모두를 품에 안고 바다에 동그마니 떠 있는 섬 하나, 인간의 힘은 위대하다. 이름 없는 섬을 이렇듯이 가꾸어 놓은 끈기와 정성, 안목이 또한 놀라웠다. 푸른 바다가 섬의 발아래 밀려와 부서질 때, 하얀 포말은 성공을 축복하는 한 다발의 안개꽃이다.

외도는 외도다. 일상을 떠나니 가슴 밑바닥 접어둔 얘기들이 술술 풀려나온다. 고민 없는 사람이 세상에 없어 보인다. 인생이란 아득한 옛날부터 풀지 못한 인류의 숙제가 아닐까. 가끔씩은 마음에도 길을 터주어야 한다. 그날이 그날 같은 일상에도 통풍구가 필요하다. 일탈은 곧잘 큰 힘이 되어 돌아온다. 여행의 즐거움은 덤으로 받는 행복이다. 등을 떠밀려 얻은 기회일지라도 흔쾌히 끌어안아, 내 삶을 멋지게 만들어가는 여유를 즐겨도 좋지 않을까.

송년

    감미로운 음악이 귓가에 들려왔다. 지하철을 타기 위해 들르는 광장이다. 벌써 송년 맞이 사랑 나눔을 하는구나. 연말이 다가온다. 한 해의 마무리를 해야 할 시점이다. 작은 음악회는 보상받으려고 하는 일이 아니므로 크게 알려지지 않았다. 누군가에게 희망이 되고 작은 도움이 될 수 있다는 생각으로 이렇듯 따뜻한 분위기를 만든다. 칼바람이 매워 종종 걸음을 치는 사람들의 발걸음이 느슨해진다.

    가끔 동대구역을 지나간다. 그곳은 연말이 아니어도, 노숙자를 위한 식탁이 한쪽에 차려진다. 어느 단체에서 주관하는

지는 눈여겨보지 않았지만 눈에 자주 띄는 광경이다. 소외된 이웃을 안고 가려는 몸짓이리라. 경제가 어려워진 후에는, 이웃에게 사랑 나누기가 줄었다고 하는 우울한 소식을 들었다. 그렇지만 변함없이 실천하는 사람들도 있었다.

얼마 전 방송에서, 우리나라 사람들이 생각하는 중산층은 융자금 30평 이상의 아파트에 살면서 월수입 500만 원 이상이고, 2,000cc 급 자가용을 타며 1억 원 이상의 예금 잔고가 있고, 해외여행을 1년에 한 번 이상 다니는 사람이란다. 우리와는 달리 미국인들은 자신의 주장에 떳떳하고, 사회적인 약자를 돕는 사람을 중산층이라고 한단다. 프랑스나 영국도 이웃을 돕고 약자를 돕는 게 중산층의 기본 요건인데, 우리나라 사람들만 지극히 물질적인 기준으로 중산층을 정의한다.

하지만 사회 곳곳에 선의는 살아있다. 6·25 때 이불 한 채만 달랑 챙겨 들고 월남했던 김순전 할머니가 백억대의 전 재산을 연세대에 기증했다. 할머니는 굶기를 밥 먹 듯하고 속옷까지 기워 입으며 절약했다. 그렇게 모은 돈을 학비가 없어 공부하지 못하는 아이들을 위해 써달라며 내놓았다. 서울시

복지상 대상을 받은 뉴질랜드 출신의 안광훈 신부의 삶에서도 희망을 확인한다. 김순전 할머니가 버스 차비를 아끼려고 매일 다섯 정거장을 걸어 다니며 고생할 때, 달동네 대부로 불리는 안 신부는 탄광촌 주민과 서울의 철거민, 달동네 주민을 위해 온몸을 바쳤다.

중산층의 기준은 세월이 가면서 바뀌게 되지 않을까. 우리가 중고등학생일 때 해보지 않았던 봉사활동을 지금 아이들은 하고 있다. 학생들의 봉사활동은 민주 사회에서 공동체 형성을 위해 시민으로서 가져야 할 실천덕목이다. 아이들은 봉사활동을 통해 사회 전반의 문제에 대해 적극적이고 자기 주도적 해결 능력의 기회를 가지게 된다. 이렇게 자라온 아이들은 어른이 되어서도 사회봉사가 자연스러우리라.

지난날 봉사활동을 얼마 동안 다녔다. 그곳에는 평생을 봉사하며 지내는 많은 분이 있었다. 가야금, 민요, 낭송, 춤사위 등 공연 출연이나 행사 진행을 맡는 봉사자도 있다. 다양한 재주를 지닌 사람들의 소리 없는 봉사로 어르신들은 한때나마 즐거움에 젖어든다. 함박웃음으로 정말 고맙다고 인사도 절절하시다. 사정이 여의치 않아 계속하지 못할 때 돌아서 나오는 뒤꼭지가 부끄러웠다.

음악의 템포가 빨라지면서 마음마저 경쾌하다. 하루의 고단함을 풀어주려는가 보다. 어깨가 들썩인다. 음악에 맞춰 흥얼흥얼 가락이 입안에 맴돈다. 속절없이 세월은 흘러 또 한 해가 저물어 간다.

곁에 있는 사람과 눈을 마주치고 진정으로 얘기를 나눌 틈도 없이 하루하루를 그렇게 살아왔다. 나는 다가오는 새해가 더도 덜도 말고 보통의 해가 되었으면 좋겠다. 상식에서 벗어나는 기괴한 일이 없고 잘난 것 없는 사람들이 서로 조금씩 부족함을 채워주며 사는 세상이면 좋겠다. 자고 일어나면 터지는 끔찍한 뉴스 때문에 차라리 귀라도 막고 싶은 요즘에도 일상생활처럼 이웃을 돕고 사는 사람들이 있어서 아직도 우리 사회는 희망이 있다.

바보 같잖아

엄마를 참 많이 닮았어요. 정혜야, 인사드려라. 우리 어머니시다.

아이의 인사하는 얼굴이 다부지고 똑똑해 보인다. 울산에서 입시학원을 하는 딸내미한테 도와달라는 전화가 왔다. 놀러 오라는 말은 그냥 하는 인사려니 하면서 잘 가지 않았다. 신혼살림에 콩 놔라, 팥 놔라, 하는 시부모 이야기도 좋아 보이지 않았지만 매사 간섭하는 장모 이야기도 듣기에 별로 좋지 않았기에 남편의 주의가 아니라도 그럴 마음은 없었다. 도와달라는 요청은 다른 차원이기에 마음이 쓰였다.

중간고사를 맞은 학원 선생님들은 수업에 바쁘고 시험을 계속 치러야 하는데, 감독하고 채점하는 선생님이 계시면 좋겠다고 도와 달라고 한다. 임용고시 준비를 하다가 만난 딸 내외는 사위집이 울산이므로 그곳에 학원을 개원했다. 공부하려면 '링컨학원' 가라고 학부모들 사이에 입소문이 났다고 한다. 그동안의 성실했던 노력이 보인다. 저희들 바쁠 때 도와주는 게 어른 노릇이라고 남편의 허락은 쉬웠지만, 나만의 생활을 두고 가려니 발걸음이 그리 가볍지는 않다.

　학원에서 만난 정혜의 커트 머리가 눈에 와서 박힌다. 곱상한 얼굴에 눈이 겨우 보이려는 앞머리. 아이가 인사성이 밝고 행동거지가 반듯해서 선생님들 사이에서 많은 귀염을 받는다고 했다.

　초등학교 사학년 무렵이었나. 어느 날 언니가 가위를 들고 와서 예쁘게 해준다며 가만히 앉아 있으라 했다. 여자의 마음은 어릴 때도 여우였나 보다. 기대에 부풀어 앉아 있는데, 고개를 갸웃거리며 이리저리 가위질하던 언니가 이번에는 눈을 살짝 감아보라더니 속눈썹을 몽땅 잘랐다. 눈이 따가워 뜰 수가 없고 눈물이 계속 났다. 눈을 겨우 뜨고 얼마나 예뻐졌나, 거울을 보다가 깜짝 놀랐다. 앞머리가 댕강 잘려서 그렇지 않아도 좁은 이마가 있는 대로 다 나와 버렸다. 바보 같잖아. 속눈썹은 왜 자르냐, 눈 따가워죽겠어. 퍼질러 앉아 울음을 터트리니 쩔쩔매던 언니도 종내 따라 운다. 친구들이 해서 쉬운 줄 알고 했단다. 종일 밥을 먹지 않고 골을 부렸지만 잘라진 머리카락은 돌아오지 않았다. 언니를 믿은 것부터 내 잘못이다.

당차고 매사 거침없는 우리 언니의 기발한 일은 한두 가지가 아니다. 우리 아래채에 세 들어 살면서 중화요리 하는 아저씨 가게에 놀러 갔다가 어느 날은 커다란 돼지 껍질을 들고 왔다. 요리 방법도 다 배워 왔다며 기름을 떼어내고 삶는 부산을 떨며 돼지 껍질 고추장 볶음을 만들었다. 언니 친구들과 다 같이 맵다며 호호거리고 맛나게 먹은 뒤 물을 하루 종일 들이켰다. 고추장이 단지에서 쑥 내려갔다고 엄마에게 혼쭐이 났다.

그날 이후로 나는 미장원에 가서 커트할 때 앞머리는 많이 자르지 마세요라고 꼭 주문을 했다. 자라 보고 놀란 가슴 솥뚜껑 보고 놀라는 격이다. 딸내미가 어느 해 방학 때 외갓집에 놀러 가서 나의 초등학교 앨범을 봤던 모양이다. 엄마 어릴 적 사진하고 어쩜 그리 똑같은지 정혜만 보면 매일 엄마를 떠올린다고 한다. 눈을 거의 다 덮고 옆으로 빗어 넘긴 머리를 하고 있는 정혜를 보니 요즘같이 세련된 머리를 그 옛날에 내가 하고 다녔다니. 언니의 가위질 탓이었다는 생각에 웃음이 나온다. 세상살이의 이치가 그렇듯이 화가 복이 되었더란 말인가. 아이에게 만나서 반갑다고 빙그레 웃어주었다.

유년 시절의 어느 여름날, 어스름이 살포시 엉덩이 깔고 내려앉을 무렵에 동네 친구랑 언니들과 어울려 모두 개울가에 몰려갔다. 텀버덩거리며 헤엄치다가 목욕은 안 하고 물살만 일으킨다고 어른들께 혼이 나곤 했다. 모깃불 피워놓은 마당에 펴놓은 멍석에 뒹굴고 놀았던 여름밤의 추억들도 새롭다. 밤하늘을 쳐다보면 금방이라도 초롱초롱한 별들이 우르르 쏟아질 것 같은 걱정에 작은 가슴 벌렁거려 벌떡 일어나 별들이 잘 박혀있는지 하늘을 가끔씩 올려 보기도 했다. 언니와 만나면 여름밤 이야기, 바보 같은 머리 이야기로 우리의 하룻밤이 짧을 것만 같다.

만학도의 열정

　함박꽃 같은 웃음을 차 안 가득 피우며 우리는 안동에 도착했다. 해맞이를 많이 한다는 일출봉으로 먼저 향했다. 해맞이를 놓쳤지만 일출봉 결의라도 다지고 새해 새학기를 시작하는 게 좋지 않을까. 삼삼오오 짝을 지어 폼을 잡고 사진을 찍었다. 중천에 떠오른 해를 바라보며 일출 때의 광경을 선연하게 그려본다.

　메마른 겨울 날씨가 햇빛을 받아 따사로우니 봄이 온 듯한 착각마저 든다. 이곳은 해가 제일 먼저 비친다 하여 예부터 일출암으로 불리여 왔다. 지형상 동쪽으로 향해 있어 높고 낮은 산봉우리들이 저 아래에서 굽이쳐 보인다. 두 눈에 모두

담지 못하는 전경들이 장관이다. 멀리 청량산은 옆에서 보는 듯 경치가 수려하다. 일출과 일몰이 더없이 아름다우며 정동진보다 일찍 해를 볼 수 있다고 하는 이 좋은 곳이 지척에 있으니 참으로 행운이다.

봉수산 팔부 능선에 내려앉은 일출암 산사도 내려오다 들렀다. 의상 조사가 와우형 곡터에 자리 잡아 창건한 암자로서 의성 고운사 말사다. 잠시 다녀가는 일행을 불러들여 빈 입으로 보내지 않고 차 공양을 해주시는 스님의 인심이 후덕하다.

홍 학우의 집으로 찾아가는 것이 방학 중 연례행사가 되어 세 번째다. 입학 때부터 홍 학우는 안동소주를 비롯하여 이름도 유명한 안동 기지떡 등으로, 우리들 한 학기의 출석 수업 시간을 마냥 신나게 만들어 주었다. 공부도 물론 좋지만 사람들이 좋아서 더더욱 학교가 좋다 하시는 그의 넉넉한 인심으로 우리 학우들의 정도 각별하다.

통나무 상다리로 된 널따란 탁자와 참나무 토막이 의자가 되어 즐비하게 마당에 놓여있다. 홍 학우가 여러 날을 수고하신 모습들이다. 마당가 솥뚜껑을 걸어놓은 화덕엔 장작불이 화력을 자랑한다. 올려놓기가 바쁘게 지글대는 삼겹살과 양미리, 안동 간고등어는 참나무 불내가 스며들어 향과 맛이 그저 그만이다.

어린 시절에 밥 짓는 어머니를 도우려고 부엌에 들어갔을 때 따닥따닥 밥솥에서 소리가 나면 어머니는 혀를 날름대는 붉은 숯덩이들을 잽싸게도 아궁이 앞으로 끌어내어 불을 고른 후 생선을 굽는다. 생선은 제 몸 안의 기름을 뿜어내 지글거리며 노릇하게 구워진다. 요술 같은 어머니의 손은 그 불에 된장도 삽시간에 끓여낸다. 엄한 아버지 눈치가 보여도 고기에 손이 절로 가서 먹어보았던 그때의 맛이다.

불내가 배이고 기름이 쫙 빠진 삼겹살이 입에 짝 달라붙는다. 날씨마저 해동한 봄날 같다. 쌈을 싸서 한입 가득 밀어 넣으니 볼이 미어진다. 건배하는 옆 손에 쌈을 싸서 들고 있다가 술을 마시기 바쁘게 연이어 고기쌈을 먹으니 모두 볼들이 불룩하다. 이 맛을 잊을 수 없어 안동을 자꾸 오고 싶다고 누군가 말한다.

누가 먼저랄 것도 없이 우리들은 자리에서 일어나 흐르는 음악에 맞춰 노래를 불렀다. 선이 학우의 살사댄스 율동은 좌중을 웃음 도가니로 몰아넣는다. 경기민요 이수자 옥이 언니의 선창으로 모두 목청을 돋우니 마당 가운데 지펴놓은 참나무 장작불도 넘실대며 동참을 한다. 마당가 나무들이 너도 나도 앙상한 몸을 세워 일렁거린다.

배움의 차에 함께 탄 학우들은 모두들 각자하는 일과 공부까지 너무도 열심히 잘하며 지낸다. 만학도의 열정을 누가 말리랴. 어린 자녀를 둔 학우들은 똑소리 나게 자녀들을 키우며 자신의 역량도 키워간다. 빠르게 변하는 요즘 사회는 배움의 시기가 따로 있지 않음을 말해준다. 사회의 급속한 변화를 따라가자니 평생교육이 자연스러운 분위기다. 비록 늦었지만 이제라도 학창시절을 누리니 기쁨이다. 만남을 소중히 가꾸어가니 행복이 배가 된다.

즐거운 시간, 우정 어린 마음들을 가슴에 심고, 추억 하나 남겨두고 떠나오는 길에 하늘가로 은하수가 내리고 초승달이 실눈을 뜨고 배웅을 한다.

나의 꽃자리

확 트인 시야가 시원하다. 안사돈과 함께 점심을 하러 가는 길에 들른 바닷가다. 감포의 검푸른 바다가 출렁대니 우리 마음도 일렁인다. 바람 잔뜩 불어넣은 풍선처럼 마음들이 부풀어 문무대왕암을 배경으로 나름대로 폼을 잡고 사진을 찍은 후에 햇살 받아 빛나는 조약돌에 앉는다. 동해에 버티어 용이 되어서라도 적을 막으려는 왕의 마음을 헤아리자니 숙연해진다. 우리네 가정사도 살림살이가 녹록지 않은데 나라를 살피자니 얼마나 열과 성을 쏟았겠는가.

조약돌을 만지작거리다 공기놀이하기 좋은 놈으로 몇 개 골라 집었다. 지금이야 이런 조약돌이 아니더라도 문방구에서 예쁘게 만든 공깃돌을 판다. 어릴 적 삐뚜름하게 못생긴 공깃돌을 모서리 가다듬고 모양낸다는 것이 제 손을 찧었다. 너무 아픈 나머지 눈물이 찔끔 났다. 얼른 하늘 쳐다보고 눈을 껌벅거렸다. 자기가 저지르고 우는 바보가 되지 않으려고. 돌 하나 집고 던진 돌 받고, 돌 두 개 집고 받다가 마침내 고추장 찍고 다섯 개 돌을 고이 손등에 올렸다. 잘 올라서다가 도드라진 돌이 옆 돌도 끌어당겨 같이 떨어질 때 참으로 애가 탔다. 돌이 무척 예뻐서 집에 가져가야지라고 하는데, 말이 끝나기도 전에 딸내미가 한마디 툭 쏘아붙인다. 사람들이 제 필요하다고 집어가면 이곳에 돌이 남겠느냐고. 무안하여 슬그머니 손안의 돌을 놓아버렸다. 그 말이 지당하다. 젊은이들 사고가 역시 합리적이다. 무엇이든지 있을 자리에 있는 것이 어울림이며 조화가 아니겠는가.

점심을 먹기로 한 경주에 도착하니 보문호가 시원하게 보였다. 호수를 끼고 있는 호젓한 레스토랑으로 갔다. 아이들이 결혼한 후에 한번 오라고 여러 번 청을 했었다. 너희도 바쁜데 괜찮다고 몇 번을 거절하다가 남편은 두고 혼자 다니러 왔던 참에 딸내미가 마련한 자리다. 창가 전망 좋은 곳으로 자리를 잡았다. 맛난 걸로 고를 수 있는 우선권을 준다며 메뉴

판을 내민다. 청국장이나 쌈밥집도 괜찮은데 호강한다며 인사치레를 한다. 오늘 우리 호강해 봅시다. 사돈이 맑게 웃는다. 항상 봐도 꾸밈없이 순수하다. 뽀얀 얼굴이며 크고 선한 눈빛, 통통한 뽀얀 손등이 마치 소녀 같다.

사돈은 나대는 아들만 둘을 키우다 보니 레스토랑에 한 번도 가지 않았다고 했다. 남부터 배려하시는 고운 성품이시기에 이해가 되었다. 바깥어른 주장이 강한 것은 그 집이나 우리 집이나 별반 다르지 않았다. 어른 말씀 하나라도 소홀히 하지 않고 어루만지는 아이들 마음 씀씀이가 곱다. 넓은 마당에 금잔디가 푸르고 예뻐서 잔디밭에 앉아 사진을 찍었다. 자연은 가꾼 만큼 아름다움으로 보답하는가 싶다.

하루를 즐겁게 보내고 집으로 돌아오니, 방학 맞은 아들이 제 세상을 만난 듯 북새통을 해놓았다. 발 디딜 틈이 없건만, 마음은 그 어느 곳보다 편안하다. 내 집이 이렇게 좋을 줄이야. 동물의 세계에서 제 영역 표시한다고 바위에 오줌도 누고 나무에 몸을 비비며 표식을 남기는 걸 TV에서 봤다. 그때는 사냥할 터를 많이 확보하려는 동물들의 욕심 많은 행동으로 보았다. 다시 생각해보니 사람이나 동물도 길들인 자신의 터가 좋은가 보다. 예쁘게 꾸며진 아이들 신혼집에서 저희들이 불편 없이 해주었지만 사람이 가진 본성은 어쩔 수 없나 보다. 나물 먹고 물 마시고 팔을 베고 누웠으니, 대장부 살림살이 이만하면 족하다는 게 과히 허풍스러운 얘기가 아니다. 내 앉은 곳이 정녕 꽃자리가 아닌가.

지름길 없어도

와락 안겨드는 이 봄이 뜨겁다. 활활 옮겨 붙은 벚꽃이 눈부시다. 눈을 들어보니 먼 산 진달래가 벙글거리며 웃고 있다. 백목련, 자목련도 매무새 추스르며 미소 짓는다. 민들레도 발밑에서 고개를 쳐들고 방싯 웃는다. 저마다 바쁜 듯이 꽃들도 앞다투어 피어나는 그 속에도 이제 봉오리를 밀어 올리는 못난이가 더러 눈에 뜬다. 소리 없는 대자연의 합창 속에 문득 자신이 초라해진다. 인생 지천명을 살아오며 난 무엇을 피워냈던가. 빙 둘러 이제야 문학의 가장자리에 엉덩이를 걸쳐보았다.

마음만은 고향을 찾은 듯이 편안하건만, 앉을 자리도 찾지 못하고 쭈뼛거린다. 소질이 없었다. 소싯적 문학소녀 아닌 사람이 없었다던데. 남들은 씽씽 잘도 달린다. 모양새가 보기 좋다. 어여쁜 꽃을 피우기 위해 긴 밤을 뜬눈으로 지새우며 땅속 깊이 촉수를 뻗어 물을 길어 올리는 꽃나무처럼, 인고의 시간들이 눈물겨웠을 테다.

그들이 하얀 밤을 고독으로 지키며 진주알 같은 언어를 낚았을 그 길을, 항상 마음에만 묻어두고 선뜻 들어서지 못했다. 그곳에 이르는 길은 지름길이 없다고 한다. 지름길이 없으니, 이 늦은 저녁에 길을 나설 수는 없다고 마음마저 벗어 놓았었다. 지금 무얼 하자니 너무 늦었다 싶었다. 걱정에 앞서 겁부터 났다. 마음은 꿈틀거리는데 용기가 나지 않았다. 무엇이든 시작한다는 것은 이만큼 어렵다. 그래서 시작이 반이라 했나 보다. 관심을 가졌으면 일단 시작하는 것이 옳지 않을까. 시작도 해보지 않고 포기하는 건 비겁하다는 생각도 들었다. 아이들을 키울 때는 용감하게 도전하라고 가르치지 않았던가.

먼 길인들 어쩌랴. 그 길을 따라 하염없이 걷다 보면 호롱불 켜놓은 조그만 초가집이라도 보일는지. 작은 몸을 가지고 세계를 구석구석 누비고 돌아온 한비야 같은 사람도 있지 않은

가. 고난을 겪고 나니, 지구도 작아 보인다고 하지 않았던가.

뾰족이 입을 빼물고 몸을 내미는 새잎들이 사랑스럽다. 대지의 기운을 담뿍 받고 태양의 양분을 흠뻑 들이켜서, 꽃을 피울 그날을 나는 알고 있다. 배꽃 이파리가 바람에 하얗게 부서진다. 오월이 오면 향기 짙은 장미가 또 세상을 붉게 물들일 것이다. 앞서거니 뒤서거니, 빠르다고 우쭐대거나 늦었다고 기죽지 않고, 꽃을 피워내는 그 모습이 아름답지 않은가. 늦게 피면 어떻고 아름답지 않으면 어떠랴. 멀고 먼 길을 시름시름 절뚝대면서라도 가리라, 가보리라.

와르르 피었던 벚꽃 무리 속에 방금 피워 올린 꽃송이들이 한층 매무새를 뽐낸다. 생기가 돈다. 늦게 피거나 아름답지 않아도 꽃은 꽃이다. 그래, 먼 길이라도 가보자. 지름길이 없다고 길이 아니더냐.

금오서원을 다녀오다

　금오서원은 경상북도 구미시 선산읍 원리에 있는 조선시대의 서원이다. 아이들 키울 때 초등학교에서 소풍을 즐겨간 곳이다. 사람들이 유적을 답사하기에도 위치가 괜찮은 곳으로 선산 읍내에서 가깝다. 마음으로 항상 생각하고 있었지만 가보지 못하다가, 이번에 지역에 있는 유적을 먼저 답사하여 전통 사회에 정신적 지주 역할을 해온 선비들의 생활문화를 알아보고 싶었다.

　금오서원은 매우 급한 경사지의 산자락에 위치하고 있다. 서원의 강당에 오르면 앞으로 넓은 들판을 적시며 흐르는 감천과 낙동강이 만나는 물길이 보인다. 서원은 배산임수의 언덕에 터를 닦아 남향으로 고즈넉하게 앉아 있다. 길재 선생을 그리워하는 듯 선생의 고향 마을 봉계리를 하염없이 바라본다.

서원에는 길재 선생을 비롯하여 김종직, 정붕, 박영, 장현광의 위패를 모시고 있다. 서원은 강학의 공간으로 사림들을 양성하고자 학문을 닦는 곳이며, 제향의 공간으로서도 중요한 역할을 했다. 길재 선생의 학문과 충절을 기리기 위해 만든 서원이었기 때문에 선생의 학통을 이어받은 유학자들을 함께 배향했다.

김종직은 길재 선생의 제자인 김숙자의 아들이기도 하다. 조의제문으로 유명한 김종직은 이후 연산군에 의해 부관참시당하는 수모를 겪는다. 김굉필, 정여창, 김일손, 유호인, 조위, 남효온 등이 그의 제자이다. 김종직을 제외하고 나머지 세 명은 모두 지역적인 연고가 있는 사람이었다.

문회문을 통해 계단을 올라서면 강당 앞에 유생들이 기거하며 공부하던 기숙사였던 동재와 서재가 좌우로 세워져 있다. 동재와 서재가 있는 앞마당보다 한 층 위에 있는 정학당은 강학 공간으로 정면 다섯 칸, 측면 세 칸 규모의 팔작지붕 건물이다. 중앙의 세 칸은 우물마루를 깔았고, 좌우의 각 한

칸은 온돌방으로 이루어져 있다. 강당에 오르면 중앙에 '正學堂'이란 현판이 걸려 있고, 동쪽 방에는 '일건재', 서쪽 방에는 '시민재'라는 편액이 걸려 있으며, 그 외에도 여러 편액들이 걸려 있다.

'칠조七條'라는 편액이 눈길을 끈다. 서원에서 지켜야 할 생활 규범 일곱 가지를 적어놓고, 이 규칙을 어긴 사람이 있으면 돌아갈 것이며 자신이 없으면 오지 말라는 내용을 담고 있다. 창과 벽에 낙서하는 행위, 책을 손상시키는 행위, 놀기만 하고 공부하지 않는 행위, 함께 살면서 예의를 지키지 않는 행위, 술과 음식을 탐하는 행위, 난잡한 이야기를 하는 행위, 옷차림이 단정하지 못한 행위가 그것이다. 현대에도 귀감이 된다고 보이는 이 지침들은, 남에게 폐를 끼치지 않고 배려하는 선비정신을 어릴 때부터 몸에 익혀주려는 가르침으로 보인다. 학문하는 이들이 기본적으로 지켜야 할 도리에 대한 규약이다.

길재 선생은 1353년(공민왕 2년) 지금의 구미시 고아읍 봉한리에서 태어났다. 10세에 냉산 도리사에 들어가 글을 배우기 시작하고 18세 때 개경으로 올라가 당대의 석학이던 목은 이색과 포은 정몽주, 양촌 권근의 문하에서 성리학을 배웠다.

이때 권근은 "내게 와서 글을 배우는 사람은 많지만 길재가 독보다"라며 큰 기대를 걸었다고 한다. 정종이 왕위에 오르자 길재 선생은 새 왕조의 부름을 받았다. 일찍이 길재 선생과 힘께 성균관에서 동문수학한 인연으로 친분이 두터웠던 이방원(태종)이 왕세자로 있으면서 그에게 태상박사의 벼슬을 내린 것이었다.

"충신은 두 임금을 섬기지 않는다 하였사온데, 신은 초야의 미천한 몸으로 고려를 섬겨 임금의 친시를 입었고, 또 벼슬까지 받았습니다. 이제 다시 거룩한 조정에 봉사한다면 명분 교화에 누를 끼치는 일이옵니다."

선생은 이 상소를 올리고 고향으로 돌아와 고려에 대한 절의를 지켰다. 두 왕조를 섬길 수 없다 하여 고향 선산으로 낙향하여 금오산 기슭에 오두막을 짓고 고려에 대한 절의를 지키며 후진 교육에만 진력하였으니, 불사이군不事二君 하는 그의 충절은 영원한 가르침으로 다가온다. 67세로 세상을 떠난 길재 선생의 시호는 '충절'이며, 이곳 금오서원 외에도 금산의 성곡서원과 구미 인동의 오산서원에도 배향되었다.

"오백 년 도읍지를 필마로 돌아드니 / 산천은 의구하되 인걸은 간 데 없네 / 어즈버 태평연월이 꿈이런가 하노라." 회고

가라고 불리는 이 시조는 길재가 벼슬을 버리고 낙향한 뒤 10여 년 만에 새 왕조인 조선 정종의 부름을 받았을 때, 옛 서울 송도를 찾아 고려 왕조의 영화를 회고한 것이다.

조선 후기의 실학자 이중환은 《택리지》에서 "조선 인재의 반은 영남, 영남 인재의 반은 선산에 있다"라고 했다. 과거제도가 시행된 후 이 고장에서 나온 급제자가 700여 명에 이르는 것만 보아도 선산에 많은 인재가 있었음을 짐작하게 한다. 선산은 영남 유학의 산실임이 분명하다. '예의염치 효제충신 禮義廉恥孝悌忠信'이라 했던가. 예절과 의리를 지키고 부끄러워할 줄 알아야 하며, 부모에게 효도하고 형제 간에 우애가 있어야 하며 나라에 충성을 다하고 믿음이 있어야 한다. 말은 하기 쉬우나 실천하기 쉽지 않은 덕목을 지켜나간 옛 선비들의 고고한 정신과 자태가 눈앞에 선하다.

금오서원은 하늘을 붉게 물들인 석양을 짊어지고 조용히 묻는다. '너희들은 어떻게 살고 있느냐'고.

공주 아바타

"언니야 조심해서 잘 오려야 해."

아직 가위질이 익숙지 않은 무렵부터 종이로 된 공주 인형들을 소중히 모았다. 언니가 다 쓴 노트의 뒷장에서, 혹시 한 푼의 돈이 생기면 냅다 학교 앞 문방구점으로 달려가서 공주 인형이 그려진 그림판을 사왔다. 오로라공주, 백설공주, 소공녀 등은 동화와 만나기 전부터 나와 만났다.

초롱초롱한 눈망울, 색깔도 아름다운 노랑머리, 입술은 어쩌면 그리 빨갛고 예쁜지. 그림판의 공주 인형은 나에게 동경의 대상이 되고도 남았다. 오늘은 소풍 가는 날이니까 모자를 써야 해, 학교 가는 날은 세라복을 입어야지.

학교 가는 언니들을 따라가고 싶은 내 안의 욕구였는지 모르겠다. 번번이 갖고 놀다 보니 팔이 달랑거리더니 그만 뚝 떨어졌다. 너무나 슬퍼서 눈물을 찔끔거렸다. 울상이 된 나를 바라보던 언니가 인형의 뒷면에 종이를 덧붙여 주었다. 백설 공주 인형은 그날부터 자리에 누워 아픈 공주가 되었다. 옷을 갈아입히는 데서 제외된 거다.

어느새 인형놀이는 까마득히 잊고 지냈다. 우리 딸 은주가 태어난 날, 남편이 툭 던진 한마디가 내 마음 깊은 곳에 파문을 일으켰다.

"공주구나."

그때부터 아기가 발을 떼기도 전에 귀여운 공주 옷을 사다 나르고 인형같이 가꾸기에 하루가 바쁠 지경이었다. 예쁜 베이비 옷장을 사다가 옷을 차곡차곡 넣어두니 보름달만큼의 만족감이 내 가슴 안에 차올랐다.

그런데 커갈수록 나의 소망대로 공주는 좀체 가만히 있지 못한다. 매만져 주는 대로 사뿐히 걷지 않고 우루루 달음박질을 친다. 보기 좋은 공주 옷이 더 이상 해당하지 않았다. 여자이기에 공주여야 할 필요는 없는 거였다. 언제나 우아한 옷을 입고 걷는 것도 편하지는 않았을 게다. 우아한 백조도 물속에서 헤엄치느라 두 다리가 사뭇 바쁘듯이 공주의 모습을 지키기에 따르는 인내와 고통도 어지간하리라. 이제 딸내미의 옷은 편리한 야구복으로 바뀌었다. 두툼한 무릎 보호대가 있으니 뛰다가 넘어져 다칠 염려도 없었다. 더럽혀지더라도 빨기가 쉬우니 그 걱정도 덜었다.

오십 고개를 훨씬 넘어선 내가 딸내미를 보고 다시 배운다. 짜인 틀에 맞추지 않는 유연한 사고를. 여자니까 이러이러 해야 할 필요는 조금도 없다는 거다. 환경에 처한 대로 의식이 가는 대로 자신의 권리를 찾으며 사는 게 삶을 보람되게 보내는 방법이란다.

결혼조차도 삶의 한 과정일 뿐이다. 흙탕물을 마구 휘저으면 뿌옇게 흐려져 물 자체의 성질이 변한 것처럼 여겨지지만 시간이 지나 흙이 가라앉으면 다시 제 빛깔을 찾는 것과 마찬가지이다. 여자라서 집안일로 시간에 쫓기고 가족들에게 희생하는 삶을 산다 해도, 과연 누가 알아줄까. 이제는 집안일도 여자만의 일이라는 생각에서 벗어나야겠다. 힘들면 도움도 청해야겠다. 그동안 집안일은 모두 여자의 몫이고 의무라고 여기고 그저 제 식구들 뒷바라지하며 살아온 세월이 헛되지는 않지만, 가정이 아닌 사회로도 나가서 나를 위한 삶을 살고 싶다. 누군가 행복을 가져다주기를 바라지 않고 행복한 나날을 내 자신이 만들어 가야겠다.

20세기 말 행복심리학을 학계에 부활시킨 마틴 셀리그먼은 "행복해지기는 쉽다."라고 말했다. 그날 있었던 좋은 일, 좋은 생각만을 매일 적기만 해도 훨씬 행복해진다고 한다. 행복한 사람들의 공통점은 끊임없이 움직이며 행복해지기 위한 노력을 한다는 것이다. 유리 상자 안에 갇힌 공주 인형같이 세상을 그렇게만 살 수는 없는 거다.

나의 아바타 공주여, 이제 안녕.

4

서러운 하늘

살다 보면

　무시로 탈이 난다. 환절기 때면 어김없이 감기가 찾아온다. 얼마 전 허리를 삐끗했다. 손빨래 서너 가지를 하면서 없는 부지런을 떨다가 허리에서 뚝 소리가 나더니 탈이 났다. 엉거주춤하는 폼이 영락없는 노인네다. 돌이킬 수 없는 순간이 후회스럽고 헛웃음이 나왔다.

　한의원 치료를 받아도 물리치료를 받아도 차도가 별로 없다. 발등까지 저려오는 통증에 괜스레 기분조차 나쁘다. 무작정 치료만 받다가 증세를 알고자 사진을 찍어봤다. 디스크가 조금 있다는 판정이다. 그래서 다리가 저려왔나 보다. 한의학으로는 좌골신경통이다. 환자가 되는 일이 순식간이다. 말로

만 들어오던 디스크라니, 모든 병은 급습하는 것이 아니라, 나태하고 안일한 생활로 인해 발병한다는 사실에 다다르니 마음이 무거워진다.

병은 한 가지라도 약은 수없이 많듯이 치료법도 참으로 다양하다. 병원을 찾아 치료를 기다리던 중에 책꽂이에 꽂힌 건강백세를 잡았다. 미리 조심하지 못한 나의 불찰로 생긴 병에 대해 자세히 알고 싶었다. 주부가 많이 걸리는 게 디스크라 한다. 양쪽에 균형이 맞지 않게 장바구니 등을 무겁게 드는 일부터 엎드린 자세로 무거운 걸 들어 올리는 일 등 여러 가지 이유로 주부에게 가장 흔하게 일어난다고 한다. 허리가 불편하니 당장 생활조차 원활하지 못하다. 앉아 있기조차도 쉽지 않다. 그래도 걸을 수 있는 상태인 걸 고마워해야 한다.

거리에 나가면 휠체어를 타고 다니는 사람을 수시로 보게 된다. 능숙하게 운전하고 다니려면 그간의 고생이 얼마나 되었을까. 중풍으로 인해 걸음걸이가 온전치 못한 아저씨도 온 동네를 비틀거리듯 누비며 재활운동에 열심이다. 누구를 보든 평소 알고 지낸 사람을 만난 듯이 항상 웃는 얼굴로 대하는 아저씨이건만, 그 속내는 어떠할까. 그간 뜨거운 눈물을 얼마나 삼켰을까. 내 몸이 아프지 않을 때의 아픈 이들을 보면 가엾기는 하여도 마음까지 절절하지는 않았었다. 인간의 마음이 간사스럽다.

살다 보면 쓰라리지 않는 삶이 어디 있으랴. 내 아픔이 있으니 그들의 아픔이 눈에 보인다. 생활에 불편함은 없을까, 그들이 돌아가는 집에는 식구의 손길이 기다리고 있을까. 학교에 간 손녀딸의 하교만 기다리는 친정어머니 생각이 난다. 아버지 병구완 후에 당신까지 병을 얻으신 불편하신 몸으로 한 번씩 사람 구경도 할 겸 운동 삼아 시장을 돌아보고 온단다.

어머니는 젊은 시절에 학부모 회의에 참석할 겨를도 없이 바쁘게 사셨다. 그럴 수밖에 없었다. 새끼들이 올망졸망 딸려 있는 데다가 큰집이 되다 보니 대소사가 끝없이 많았다. 하늘 보고 허리 한 번 펼 여유도 없었으리라. 작은 슈퍼마켓에 매달리신 채 봄이면 꽃구경할 새도, 겨울에 온천 한 번 느긋이 다녀올 틈을 내지 못했다. 잡히지 않는 세월은 언제 저만치 달아나버려 이제는 시간이 남는데 보채는 자식이 하나도 없다. 누가 언제 오는지 마냥 자식 바라기를 하신다.

어머니를 한 달에 한 번쯤 찾는다. 미용실도 가고 목욕도 하며 마치 효도를 다한 듯이 하지 않았던가. 동생 내외만 믿고 안일했다는 자책이 든다. 바쁜데 먼 길 자주 올 필요가 없다는 어머니의 말은 진정이 아닌 것을 왜 몰랐을까. 아픈 것만으로도 서럽다.

애틋한 사랑

　내 몸을 감싸고도는 바람이 시원하다. 흰 티셔츠와 검은색 바지를 입고 오늘도 정관장 달동 매장으로 향하는 나의 발걸음이 가볍다. 언제였던가. 엄격한 학교의 규율 아래 세일러복 차림의 여학생 시절을 지낸 후로는 오동통한 몸에 대해 자신이 없으니 언제나 검은색이거나 감색 티셔츠가 나의 색깔이 되었다.

　프랜차이즈인 정관장을 하면서 본사의 방침에 따라 어쩔 수 없이 흰 셔츠를 착용하지만 백의민족 후예가 아니랄까 봐 내가 보기에도 시원해 보인다. 프랜차이즈에 근무하는 사람들이 제각각 근무복을 입었지만 내가 입게 될 것이라는 생각까지 미처 하지 못했다. 그렇지만 본사의 매뉴얼에 발맞추어 나가는 것 또한 가맹점이 할 일 중의 하나인 것이다.

　손녀딸이 달을 채우지 못하고 태어나 항상 감기를 달고 살다가 홍삼을 복용하면서 건강을 찾아가는 모습이 너무 신통하고 고마웠다. 편두통이 심한 딸내미는 홍삼을 장복하면서 두통을 모르고 기운을 찾았다. 홍삼의 매력에 양가 사돈들이 반하게 되면서 아직 놀기에는 적적하던 차에 정관장 가맹점 모집이 있다는 소식을 접하게 된 것이 지난겨울이다. 좋은 제품을 알리는 보람 있는 일을 해보자는 생각에서 응모를 했다. 서류심사를 비롯한 두 차례의 까다로운 면접이 있었다. 면접관의 질문으로 열심히 살아온 과정을 이야기하던 중에 수필 문학을 하고 있다는 부분에서 면접관 세 분의 관심을 사게 되었다. 그동안 살아온 삶에 대해 평가를 기다리는 심정으로 여러 날 기다린 끝에 합격 통지를 받았다. 3박 4일에 걸친 초기교육과 1박 2일의 재교육을 통해 비로소 홍삼에 대해 알게 되었다.

　우리나라는 인삼이 자라는 데 최적의 자연조건을 갖추었단다. 좋은 종자를 일일이 손으로 가려내고 묘포에 애지중지 키우는 재배법으로 인삼의 품질을 지켜나간다고 한다. 우리나라의 인삼은 다른 나라에서도 최고로 알아준다.

"자연으로 돌아가라"는 명제를 남긴 사상가 장자크 루소가 인삼을 애용했다는 사실이 그의 전집에 기록되어 있으며, 러시아의 문호 막심 고리키도 인삼 애호가로 전해진다. 일본 국민문학인 '주신구라'에는 다 죽게 된 사람이 고려인삼을 먹고 회생하였다는 이야기가 있다.

인삼은 3년생까지 몸통 부분의 생장만 하고 4년 이후부터는 다리 부분이 발달하기 시작하여 6년이 되면 비로소 머리와 몸통과 다리가 균형을 이루어 사람의 형태를 닮은 인삼으로 생장한다.

홍삼은 밭에서 수확한 수삼을 쪄서 말린 것이다. 깊은 산중에 동자가 나다녀서 그 초립동을 몰래 뒤쫓아 그가 사라진 산속 바위 밑에서 산삼을 발견하였다는 이야기가 있다. 그만큼 삼이 사람 모양을 닮았다는 얘기가 아닌가 싶다.

'홍삼집이 맞지' 하시며 쑥 찾아들어온 할머니 한 분이 있었다. 중년을 바라보는 아들의 기운이 없어 보여서 아무래도 홍삼을 먹여야 한다며 오셨다. 어제 계산을 할 때는 가슴이 철렁하더니 오늘 홍삼을 찾아가니 왜 이리 가슴이 뿌듯하고 좋은가 모르겠단다. 할머니의 말씀을 듣는 나의 가슴이 저려왔다.

우리는 부모의 마음을 얼마나 알고 살아왔던가. 땅의 모든 기운을 받아 아낌없이 인간에게 돌려주는 인삼의 고귀함과도 같이, 자식을 향한 어머니의 애틋한 사랑도 끝이 없다.

교육을 마치면서 인삼공사 부여 공장을 견학하는 우리들은 연중 쉬지 않고 달이는 홍삼의 진한 내음에 깊은 심호흡을 했다. 공기도 보약이라는데 많이 들이마시자며 웃음을 나눴다. 사랑하는 가족의 건강을 지켜주는 홍삼에 대한 사랑이 나만의 사랑이 아닌 모든 이의 사랑이 되기를 바래본다.

핑계

뎅그러니 달력 한 장이 빈 벽에 남아있다. 병술년 끄트머리다. 조만간 엄마 보러 가자는 동생의 전화를 받았다. 오늘 당장에 가자고 했다. 엄마를 보러 가는 길에는 몰아치는 바람조차 잦아들어 겨울이 겨울 아닌 듯 따뜻하다. 길가 느티나무 위에서 산새들의 지저귐이 경쾌하다.

경북에서 충북으로 이화령을 넘어가는 길, 굽이굽이 감도는 길마다 산들이 썩 다가왔다 물러가곤 했다. 이제는 산을 뚫고 터널을 내어 단숨에 이화령을 넘는다. 꾸불꾸불한 옛길은 지금도 오갈 수 있지만 바쁜 생활 속에 밀려 저만큼에 있다.

멀리 소백산맥의 기골이 장대하다. 어느 고을 아이를 장관 만들고, 대통령 만들려고 정기를 뻗어 나가는 품새가 예사롭지가 않다.

"엄마, 저희들 집에 거의 다 왔어요. 필요한 거 뭐 있으세요?"

"화투 좀 사다 주라."

웬 화투란 말인가. 이것저것 장을 보아 들어선 친정집 엄마 방에 난데없는 강아지가 쫄랑거린다.

"엄마가 강아지 키워요?"

"강아지를 왜 키워요?"

엄마를 모시는 작은 동생이 엄마 혼자 계실 때 심심한 것 같아서 강아지를 데려왔단다. 동생도 올케도 싫은 내색이다. 나 역시 동물이라면 병아리도 못 만진다.

"쟤 좀 어떻게 해봐, 상 차려야지."

"쫄랑아, 이리 와 여기 앉아."

당신 무릎을 가리킨다. 그것도 안 된다며 다른 방으로 데려다 놓는다. 점심상을 물리고 화투를 꺼내 둘러앉았다 보니 동짓달 짧은 해가 저만큼 뉘엿 넘어간다.

"날 어둡기 전에 어서 가거라."

아쉬움을 가득 묻힌 얼굴로 엄마는 우리 갈 길을 재촉하신다.

친정 오면 으레 자고 갔건만, 도로 사정이 좋아지고 자가용을 가지면서 그것도 지난 이야기가 되었다. 억지로 떼어놓은 강아지는 제자리인 양 당당하게 엄마 무릎을 찾아들며 꼬리친다. 소싯적 엄마의 치맛자락을 잡고 품속을 감아 돌던 일이 주마등처럼 스쳐간다. 그때는 이 세상에 우리 엄마만 있으면 천지 두려운 게 없었다. 쫄랑이처럼 엄마에게 안길 천진함이 지금 우리에게 남아있지 않다. 엄마를 진정 품어줄 따스한 가슴도 우리에겐 부족하다. 엄마는 육 남매를 키우고, 재롱떠는 쫄랑이를 막내로 입양하셨나 보다.

아버지의 병구완 끝에 얻은 허리병으로, 아버지 떠나가신 후 엄마는 몸져누우셔서 근 일 년 입원을 하셨다. 우울증이 왔던지 마음마저 놓으셨다. 오 남매 키워 보내고 남편까지 떠나보낸 엄마의 소리 없는 서러움이었으리라. 어느 날부터 마음을 다잡으셔서 완치되지 못한 채 퇴원하시어 보행보조기를 의지해 다니신다. 이제 혼자서 병원도 가고 시장도 간다고 스스로를 대견해 하신다.

늦깎이 공부한다느니, 사는 게 바쁘다느니, 이 핑계 저 핑계로 불편한 엄마의 수족 노릇 변변히 해드리지 못했다. 가끔씩 찾아와 생색만 내고 가는 우리는 참으로 알량한 자식들이다. 품 안의 자식이라는 말이 가슴을 친다. 쫄랑이와 함께 만지는 화투가 심심파적이 될까.

쉬어 가는 정거장

　하얀 연기를 흩뿌려놓고 떠나가는 버스를 물끄러미 쳐다보면서, 막연한 꿈을 키운 시절이 있었다. 어디론가 떠나고 싶은 일탈의 꿈이었을까. 고향을 떠나온 낯선 타향에서는 또다시 떠나가는 기차에 그리움을 싣곤 했다.

　일탈을 꿈꾸는 건 항상 돌아옴을 전제로 하는 건지도 모른다. 어머니 품은 항상 포근하다. 짧은 만남 속의 회포인지라, 어머니를 떠나오는 길에는 늘 어머니 발걸음이 뒤따라왔다. 객지에서 밥이라도 제대로 끓여 먹는지, 자식을 걱정하는 어머니의 얼굴이 멀리까지 따라왔다.

　세월은 바위처럼 무거웠던 어머니의 짐을 벗겨주었지만 평범한 일상에서조차 소외되어 가는 어머니. 어쩌다가 찾아가는 딸자식을 말없이 품어주던 어머니다. 당신 한몸 가누기도 힘겹건만, 은행 알 벗길 시간조차 아껴주려고 일일이 껍질 까서 봉지에 담아두었다가 나눠주신다. 이제는 노쇠하여 떠나는 자식을 눈으로만 배웅한다. 건강조차 잃어버린 어머니는 반가움도 애틋함도 묻어나지 않는 무덤덤한 표정으로.

어머니는 정거장이다. 자식들을 태워 보내고 맞이하는 곳, 오가는 사람들이 쉬어가는 나의 정거장이 거기에 말없이 있었다. 해리포터는 꿈의 정거장에서 마술학교 가는 마지막 기차에 탑승하였고, 세상에 자기를 존재하게 해준 조앤 캐슬린 롤링을 미국에서 두세 번째 갑부로 만들었다. 어머니의 사랑을 늘 목마름으로 보채기만 하였고 받은 만큼 드린 것이 없으니 마음 한편에 죄스러움이 언제나 자리하고 있다.

이제 제 역할을 마치고 텅 빈 채로 녹슬어 가는 어머니의 마음을 자식들이 얼마나 헤아릴까. 공기 없이 단 몇 분을 살 수 없으면서 우리는 공기의 존재를 잊고 산다. 어쩌다 왔다가 바로 되돌아가는 자식들이지만, 우리를 기다리시면서 속절없이 세월 보낸 어머니다. 그 사랑에 보답하지 못하는 내가 미워진다.

딸 내외가 첫돌이 다가오는 손녀딸을 데리고 어버이날이라고 찾아왔다. 아직은 가슴에 꽃을 달지 않으실 거라며 꽃바구니를 들고 왔다. 뭉클하게 젖어오는 기쁨이 있었다. 바쁜 일상을 뒤로하고 부랴부랴 부모를 찾아온 아이들을 보니 꽃보다 예쁜 것이 이런 거구나 싶었다.

딸내미는 결혼한 후 한참 동안이나 아이를 갖지 못해 마음고생을 했다. 그러다가 손녀딸 예진이를 잉태했다. 양가에 안겨준 즐거움은 컸다. 태중의 아기는, 어서 보고 싶다고 만나고 싶다고 하던 안사돈의 말이라도 들은 듯이, 예정일보다 한 달 이상 앞당겨서 세상 밖으로 나왔다. 마침 그때가 딸내미의 생일이어서 그곳에 가 있던 나와 사돈도 모두 놀라서 황급히 병원으로 달려갔었다.

태어나서 한 달이나 병원 신세를 진 뒤에야 엄마 품에 안긴 손녀딸은 여느 아이들과 다를 바 없이 잘 자랐다. 뒤집는 재주를 배우려고 끙끙 앓는다. 엉금엉금 기면서 보이는 건 무엇이든 입에 넣는다. 먹어야 산다는 사실을 확실하게 깨달은 모양이다.

하룻밤을 지내고 바쁘게 떠나면서 딸은 차 안에서 손을 흔든다. 딸내미를 쏙 빼닮은 예쁜 손녀딸도 만나서 반갑고 헤어지면 섭섭함을 아는지 모르는지 어여쁜 손을 들어 살랑살랑 흔든다. 떠나는 아이들을 하염없이 바라보며 서 있었다. 나도 엄마에게 바라만 보아도 행복한 존재였을까. 점점 멀어지면서 작아져 가는 아이들의 차를 자꾸만 뒤따라간다.

우리의 인생은 만남과 헤어짐으로 이어져 간다. 가고 오는 인연의 변화 앞에 연연해할 것이 무엇인가. 내 이런 모습을 훗날에 딸은 기억하려는지. 이제 나도 정거장이 되었다.

그리운 손두부

새로운 것들을 만들고 새로운 세상을 꿈꾸는 많은 사람이 있다. 하지만 여전히 전통 방식을 이어받아 우리의 생활을 풍족하게 하는 사람도 많이 있다. 엄마는 어깨너머로 보아왔던 대로 두부랑 메밀묵이랑 도토리묵을 직접 쑤어서 겨울밤이면 옆 동리 계신 고모네와 이웃 사람들과 즐겨 자리를 마련하였다. 도토리묵의 찰랑거림과 쫑쫑 썰어 얹은 김치의 아싹하게 씹히는 맛은 어린 나의 입맛에도 좋았다. 그중에서도 맛이 좋았던 것은 돼지고기와 김치를 함께 넣어 끓인 두부찌개다. 뜨거운 두부를 후후 불어 한입 물면 구수한 맛이 입안에 가득 찬다.

'경북상회' 간판을 달고 슈퍼마켓을 하는 엄마는 타고난 부지런함으로 콩나물도 직접 기르시고 두부도 만들어 가게에 놓고 팔았다. 옛날에는 두부를 만들 때 천일염을 썼기에 시원하면서도 감칠맛이 났다. 건강과 영양에서도 이만한 게 없다. 값이 저렴하니 서민들의 밥상에 빠지지 않았다.

　하룻밤 담가놓은 콩을 맷돌에 갈아 은근하게 끓여서 자루에 콩물을 퍼 담으면 김이 서려 사위가 자욱하다. 그 가운데 조금이라도 더 짜내려고 안간힘을 쓰는 모습은 차라리 숙연한 의식이다. 거의 다 짠 콩물을 다시 가마솥에 부어서 한참 끓이다가 간수를 지르면서 서서히 젓는다. 날씨 맑은 여름날 파란 하늘을 운동장 삼아 노니는 양떼구름같이 몽글몽글 순두부의 형태가 올라온다. 엄마의 얼굴이 티 없이 환해진다. 6월 중순에 파종하여 10월 중순에 수확하는 짧은 콩의 일생이 엄마 손을 거치면서 두부로 훌륭하게 변신하는 순간이다. 여기서 끝이 아니다. 두부 모판에 베 보자기를 쫙 펼친 후에 순두부를 퍼 담고 다시 보자기를 곱게 접어 모양을 잡을 때, 갓난아기를 다루듯이 조심하는 손놀림이 고요하고 민첩하다. 나무판을 덮고 나서 무거운 돌을 눌러둔다. 단단히 만들어야 찌개를 끓여도 풀어지지 않는 야무진 두부가 된다.

어느 날부터 불린 콩을 방앗간에서 갈아주었다. 콩을 맷돌에 갈지 않게 되니 힘이 들지 않아서 좋았지만, 그때부터 공장에서 두부가 대량생산되어 나왔다. 미처 팔리지 않은 두부가 우리의 밥상에 오르는 일이 잦아졌다. 식구가 많은 밥상머리에서 숟가락질이 빠르지 않으면 맛만 보기에도 부족했던 두부 반찬을 이제는 그만 먹겠다는 우리의 아우성에 엄마의 두부 만드는 날이 조금씩 줄어들었다.

빠르게 변화하는 세상에 적응하게 되기까지 시름에 겨운 엄마의 속앓이를 아무도 따뜻하게 달래주지 못했던 자식들이, 이제는 소문난 어느 집 두부를 먹어봐도 엄마의 두부같이 깊은 맛이 없다고 푸념이다. 엄마의 두부 맛은 그리움으로만 남아 있다.

서러운 하늘

    무겁게 내려앉은 하늘이 서러움을 참지 못해 울음을 쏟아낸다. 전화가 왔다. '예쁜 신 여사.' 엄마 이름이 액정 화면에 떴다. 한동안 발걸음이 뜸했던 딸이 보고 싶었는지. "엄마 제가 지금 울산에 있어요." "아기는 탈없이 잘 크지. 그래 끊어라." 전화는 그렇게 간단히 끝났다.

    볼일을 보고 와서 제일 먼저 찾은 서문시장이다. 구정이 목전에 다가와서일까 인파에 떠밀려 다닐 지경이다. 좌판을 앞에 두고 주인 아낙과 손님 사이에 흥정이 오고 간다, 소쿠리에 수북이 담긴 물건을 봉지에 넣어주고도 한 줌 더 넣어주는 걸 보니 아마도 덤이 따라가는 모양이다. 주인 아낙도 손님도 입가에 만족한 미소가 흐른다. 재래시장은 사고파는 사람 모두가 여유롭고 사람 냄새가 물씬 난다.

제철이 따로 없는 냉이는 추위에도 아랑곳없이 소쿠리에 얌전히 앉아 있다. 한 겨울에 고추, 호박, 오이가 등장해서 시장 손님들 발걸음을 잡아당긴다. 잘 익은 김장김치도 끼니마다 내놓기가 식구들한테 눈치 보인다. 색다른 국도 끓이고 나물 무침도 간혹 올려야 밥상이 신선하다. 비타민이니 균형에 맞는 영양 식단을 떠나서 입맛에 맞도록 차려내기도 여간한 일이 아니다.

여기저기 다니다 보니 따뜻한 난로 바지가 눈에 들어왔다. 두툼한 잠바 속같이 결이 고운 잔털이 자복하게 들어 있다. 난로 바지 두 장만 있으면 우리 엄마의 따뜻한 겨울나기는 그만이겠다. 목에까지 오는 티셔츠는 답답해하는지라 여유 있게 파인 티셔츠로 두 장 골랐다. 양말보다 따뜻해서 좋다고 권해주는 시장 아주머니 말씀대로 조그만 요술 버선도 샀다. 권해주는 대로 물건을 넙죽넙죽 사는 나를 보며, 아주머니의 흡족해하는 미소 뒤에 우리 엄마의 고운 미소도 겹쳐 보인다. 내가 사가는 건 무엇이든 좋아한다. 이제 엄마를 보러 가는 준비가 끝났다. 당장에라도 가고 싶지만, 곧 구정인데 싶은 생각에 그때 가야겠다고 마음을 접었다.

　설음식 거리를 준비하느라고 몸도 마음도 분주한데 놀라운 비보가 귓전을 울린다. 엄마가 쓰러져서 혼수상태라고. 갑자기 이게 무슨 일이냐고 다시 물어봐도 대답은 똑같다. 병원에 가봐야 안다고 했다. 설음식은 내일부터 장만해도 되니까 한번 다녀오라는 시어머니의 말씀에 후다닥 나서서 찾은 병원은 텔레비전 드라마에서 많이 본 듯한 광경이다. 하얀 시트를 입힌 침대에 누운 엄마는 산소호흡기에 의지하여 겨우 숨만 쉬고 있었다. 자기 의지로는 이제 눈조차 뜰 수 없다.

　늦게 와서 미안해. 엄마, 미안해. 엄마랑 오밀조밀 정담을 나눌 소중한 시간을 그냥 버렸다. 장을 봐서 단숨에 달려왔더라면 좋았을 것을 무슨 마음으로 그랬는지 자신이 이렇게 미울 수가 없었다. 색깔 좋은 티셔츠랑 난로 바지를 쓰다듬으며 나누었을 즐거움을, 엄마의 행복을 내가 빼앗았다. 내일모레가 설날인데 엄마가 왜 여기 있어. 어서 일어나요, 집에 가야지. 고요히 감고 계신 엄마의 눈가에서도 시름없이 눈물이 고이다가 흘러내린다. 엄마 어서 기운 차려요. 힘내요. 아버지도 오시는데 빨리 집에 가야지.

　딸내미가 보고 싶어 신호를 보냈건만 미련해서 알아듣지

못했다. '부모님은 기다려 주지 않는다.'라고 했던가. 언제나 미리 겪어온 사람들이 남긴 말, 그건 정말로 진실인가 보다. 망연자실한 우리에게 구정을 지내고 다시 오라고 동생이 말한다. 차마 떨어지지 않는 발걸음을 돌렸다. 그렇게 새해를 맞으시고 일주일을 계시다가 엄마는 먼저 가신 아버지 곁으로 홀연히 떠나셨다.

엄마의 모습들이 두서없이 머릿속에 떠돈다. 반듯한 이마에 적당한 높이의 콧등, 흘러내리는 갸름한 얼굴선, 쌍꺼풀선한 눈매와 입매도 곱다. 내 어린 시절에 '엄마는 진짜 예쁘니까 늙으면 안 돼.'라고 했었다.

엄마는 작은 슈퍼를 꾸려가면서 한 푼이라도 더 벌려고 집에서 두부도 직접 만드시고 콩나물도 키우셨다. 가게에 앉아서 잔손을 놓지 않으시고 콩나물 콩도 하나하나 가려내셨다. 썩은 콩이 들어가면 콩나물시루 전체가 병이 든다. 하루에도 몇 번씩 몇 시간 간격으로 물을 계속해서 주지 않으면 콩나물이 물을 찾아다니느라 잔발이 무성해진다. 그렇게 일을 손에 놓지 않다가도 운동회 날만은 점심을 싸들고 학교에 오셨다.

그즈음의 학교 운동회는 마치 마을 잔치와도 같았다. 온 동네 어른이나 아이들까지 운동경기와 학년별로 펼치는 무용을 즐긴다. 단연 인기가 있는 건 달리기다. 우리 아이 응원을 하느라고 운동장엔 함성이 터져 오른다. 우리가 달리기에서 간신히 등수 안에 들어 공책을 한 권만 받아와도 모두 잘 달리던데 참 잘했다며 엄청나게 칭찬하신다. 동생이 배구부 주장을 맡으니 바쁜 가운데도 감자를 삶아 간식을 나르시는 걸음걸이가 가볍다. 막내가 전교회장이 되었을 때 자신이 회장이듯이 엄마의 입꼬리는 마냥 올라갔다.

삶을 살아가는 것은 학교에서 배운 교과서만으로 되는 것이 아니다. 훨씬 더 많은 것이 삶의 과정을 통해서 배워지는 것이다. 열심히 살아가는 모습이 자식에게 최고의 공부가 된다는 걸 당신은 일찍이 아셨을까. 삶에 덧씌워진 업장의 무게가 낡은 절집의 기왓장만큼이나 무거웠을 당신은 아버지의 병 구환을 내색 한번 하지 않으시고 혼자 감내하며 자신을 돌아보지 않았다. 자식을 향한 눈길을 잠시도 거두지 않고, 자식의 아픔은 더 아파하고 자식의 기쁨은 두 배로 기뻐해 주신 당신은 이제 우리 곁에 안 계신다.

하늘은 아는가. 비가 내린다. 서럽게 내린다. 내 마음에도 비가 내린다. 서러운 비가 내리고 있다.

나의 무게는

　아파트는 네 이름으로 등기하라는 남편의 말을 듣는 순간 뛸 듯이 기뻤다. 내 명의로 재산이 생겼다는 사실에 일확천금이라도 얻은 양 신이 났다. 세상은 살 만하다고 외치고 싶었다.

　남편이 순한 양이 아니라서 마음 한구석 애석하지만, 남들도 모두 만족하며 사는 건 아니지 않는가. 이렇게 박력있고 통 큰 사람이 또 있을까. 불편한 마음은 온데간데없고 흐뭇한 미소가 흐른다. 평소 내게 큰소리쳐도 내심 이렇듯이 인정하고 있다는 거다.

　하늘까지 머리 닿게 뛰고 싶던 마음이 두서너 달 지나니 희미해진다. 집은 사람 사는 데 필요한 것일 뿐 누구 명의든 별 소용되는 게 아니라는 지극히 평범한 이치를 깨달은 거다. 자기 말은 법이요 진리인 줄 알고 사는 남편을 제압할 수 없는 나의 작은 마음이 답답하였다. 새집에서 생활을 다 같이 하는데 도리어 큰소리도 못치고 여자이기 때문에 감사해야 한다는 남편의 남성 우월주의에 대책이 안 선다. 큰소리치고 살기 작전에 말려버린 기분이다.

내가 클 때 우리 집은 농사를 짓지 않았다. 작은 슈퍼마켓을 하였다. 수입을 올리기 위해 콩나물도 기르고 두부도 직접 만들었다. 학교가 파하면 나는 친구들 하고 놀기보다 종종걸음 치며 집으로 바로 왔다. 키우는 콩나물에 물을 주기도 하며, 고생이 많으신 바쁜 엄마 일손 거들기를 즐겨 했다.

봄날, 이웃에 사는 고모네 집 모심기 날이면 사촌들이랑 물주전자, 술주전자를 들고 들에 심부름을 나갔다. 논둑에 번다하게 펼쳐놓고 둘러앉아, 하얀 쌀밥에 겉절이에, 고등어조림하고 점심을 먹으면 꿀맛이 따로 없었다. 우리도 논이 있어서 이렇게 농사를 지었으면 좋겠다고 생각했다.

대기업에 다니다 나온 남편이 예전부터 농사가 맘에 있다면서 구입해 놓은 땅에 마와 우엉 등 특수작물을 심었다. 식구들 먹을 가량의 벼농사도 지을 요량으로 논을 얼마간 구입하였다.

어릴 적 꿈이 이루어진 셈이다. 세월이 좋아져서 식량도 풍부해지고 쌀의 부가가치가 떨어진 요즘에야 크게 기쁜 일은 아니다. 농약이라도 적게 써서 식구들 양식이나 한다는 것밖에. 한미 FTA로 수심에 찬 농민들의 얼굴과 데모하던 노기 찬 얼굴들이 떠오른다.

뿌리 깊은 나무처럼 동지섣달 칼바람을 맞아도 끄떡없는 강한 기상을 나는 가지지 못했다. 그렇다고 푸근하게 너른 품이 있지도 않다. 주위를 즐겁게 할 유머와 재치도 부족하다. 생각해보니, 내가 지닌 저울은 힘이 들지 않겠다. 실로 나가는 무게가 없으니⋯. 어깨가 초라해지고 기운이 빠진다.

저녁 먹기가 바쁘게 책을 들여다보던 아들의 숨소리가 금시 고르다. 곤히 잠이 들었다. 밤이 깊어지고 고개가 끄떡거려지는 나도 잠자리에 들었다.

"엄마!" 다급히 부르는 소리에 화들짝 놀라 일어나자, 아들은 베개를 끌어안고 내 방으로 건너온다. 옆에 드러눕더니 또 쿨쿨 잠에 빠진다. '얘가 가위에 눌렸나' 자고 일어난 아들이 간밤에 악몽을 꾸어 무서웠다고 씩 웃으며 나를 끌어안는다.

엄마가 세상에서 제일 좋다며 어린양을 부린다.

"너는 네 여자 친구가 좋잖아." 면박을 주니 아니라고 극구 부인한다. 잘났거나 못났거나 아이에게 엄마인 나는 천금을 줘도 바꿀 수 없는 존재다. 나에게 우리 엄마도 그랬다. 있다는 존재감만으로도 행복지수가 높았다. 여자는 약하지만, 자식에게 가없이 꿈과 사랑을 주시는 어머니는 강하다.

맞다. 나도 저울로 달아내지 못할 나의 무게가 있는 것이다. 눈보라 서릿발을 세우는 들녘에 주린 갈까마귀 떼 우짖고, 우리들의 마음속에도 겨울은 깊어간다. 겨울이 깊어갈수록 버들개지 움을 힘겹게 틔워 올리는 봄은 한 발짝 더 가까이 나에게 오고 있다.

어여쁜 수진이

세 살배기 수진이가 안녕이라고 고사리 손을 흔든다. 언니들이 하는 것을 봤던지 고개 숙여 배꼽인사를 하다가 급기야 엉덩방아를 찧는다. 어린이집에 입문하더니 역시 교육의 힘이 크다. 첫돌에는 잘 걷지는 못하였어도 어른이 따라가기가 바쁘도록 힘차게 기어다니던 우리 수진이가 15개월이 되니 이제는 무엇이 바쁜지 뛰기까지 한다. 괄목할 만한 성장이다. 예진이가 다섯 살이 되도록 동생 소식이 없어 애를 태웠는데, 세월은 소리도 없이 잘도 흐른다. 임신을 한 뒤에 혹시 큰애 때처럼 조산이라도 할까 봐서 하던 일도 접은 채 극도로 조심을 시켰다. 조산으로 아기를 품에 안고 젖을 물려야 하는 엄마도 눈물을 주체하지 못했었다. 나오는 젖을 바로 먹이지 못하고 서늘한 냉장고에 보관했다가 병원에 전달했었다. 인큐베이터에서 가녀린 팔에 링거를 꽂은 아기한테도 못할 짓인 걸 뼈저리게 한번 겪은 터였다.

무사히 산달에 맞춰 공주를 출산하고 지나간 여름 7월 1일에 첫돌을 맞았다. 요즈음 사위가 볼일이 있어서 스크린 골프장을 딸내미가 오후 6시까지 맡아한다. 수요일마다 수진이를 4시에 어린이 집에서 받아오는 일이 내게 주어졌다. 저희 바쁠 때 도와주는 게 어른 노릇 아니겠는가. 가끔씩 식구 모두 있는 데서 같이 노는 것 하고는 많이 다르다. 아이가 내게 착 달라붙어 할머니 등을 토닥토닥해 준다. 브라질에 있는 나비의 날갯짓이 미국 텍사스에서 토네이도를 발생시킨다고 나비효과라고 했던가. 작은 손의 토닥거림이 큰 파문으로 심연 깊은 곳까지 여운의 꼬리를 남기며 감동으로 다가온다. 우리 둘이 친하게 놀자는 말인가. 속정이 많은 수진이다. 좋을 때는 응, 싫을 때는 아니야를 똑 부러지게 표현할 줄 아는 것이 참으로 기특하다.

며칠 전에 '엄마는, 엄마는' 하면서 제 엄마를 찾아서 말도 잘 한다고 깜짝 놀랐더니, 오늘은 '엄마 언제 와.'라고 물어보는 것 같다. 필요한 말은 혼자서도 배우나 보다. 아이 키울 때 거짓말이 많다더니 같이 듣지 않으면 속인다고 하겠다. 저도 여자라고 빛나는 보석이며 예쁜 건 그냥 지나치지 않고 기어이 내 손에서 가져간다. 앙증맞게 작은 신을 가져와 밖으로 나가자고 내 손을 끈다. 이제 이 신을 신고 우리 수진이도 세상 밖으로 나갈 준비를 하는가 보다. 식사 때가 되어 음식을 차리면 혼자 잘 놀다가도 어디에서 곧바로 나타난다.

손을 쭉 뻗어 무엇이든 잡아 입으로 들어간다. 수진이 먹이지 않고는 우리조차 먹을 수 없다. 살면서 제 밥그릇은 뺏기지 않고 잘 찾아먹겠다. 저희 엄마 클 때를 보는 것 같아서 수진이를 보는 내내 얼굴에 웃음이 머무른다. 어쩌다 한 번씩 제 언니가 유치원에서 배워온 노래를 이쁘게 동작해가며 부른다. 그럴 때면 수진이는 곧바로 언니가 했던 대로 TV앞에 서서 고사리 같은 작은 손을 가슴에 모으고, 힘차게 박수도 치고 웅얼웅얼 노래라고 제법 부른다. 하는 양이 귀여워 언니보다 더 열렬한 박수를 받는다. 아이들이 세 살까지 효도를 다 한다더니, 정말이지 그 말이 실감이 난다. 요사이 웃을 일이 많아졌다. 무얼 해도 신통하고 귀엽고 이건 완전히 내가 공주 바보가 아닌가. 지나가다 상점의 예쁜 아기 옷에 눈이 박힌다. 날씨가 쌀쌀해져 오는데 제 언니 입던 옷만 주구장창 입히는 딸내미가 답답하다. 어쩔 수 없이 나도 할머니인 거다. 물어보면 있는 걸로 입히면 된다고 금방 크는데 살 것 없다는 대답이 돌아온다. 내 마음에 들면 사는 거지. 아무려면 새옷이 따뜻하지 않을까.

언뜻 보기에는 머슴아같이 생긴 수진이를 데리고 야외 놀러나가면 비비적거리며 유모차에서 내리고 도리어 7살 제 언니가 유모차에 냉큼 올라탄다. 언니가 탄 유모차를 수진이가 미느라고 끙끙거린다. 지나가던 사람들이 멈춰 서서 꼬마를 쳐다보고 모두 웃는다. 보면 볼수록 귀여운 수진이다. 어제 보고 왔는데 눈앞에 아롱거리니 옛날에 어른들이 손주를 왜 그렇게 예뻐했는지 그 마음을 미루어 알겠다. 이렇게 인생이 순환되고 역사가 순환되는 것인가 보다. 우리 어른들이 우리를 또 그렇게 키웠으리라. 우리집 양반이 생전에도 아이들 예뻐하기는 해도 배려하는 사람이라고 생각하지 못했다. 아기가 멀미가 심해서 시골 가는 길에 쉬어 가느라고 한참 더 걸렸다고 했더니, 당신이 직접 내려오는 게 아닌가.

옛말에도 아이가 상전이라더니 할아버지 버릇을 다 바꾸어 놓는다. 애들 보고 싶으면 너희들 언제 올래, 언제 올래, 보채던 사람이 이제는 내가 혼자 움직이면 모두가 수월하다고 울산에 직접 내려오신다. 세월 앞에 장사가 없고 손주 사랑은 역시 할아버지, 할머니인가 보다. 아이가 낯을 가리지 않으니 품 안으로 폭 끌어안아보는 할아버지 얼굴이 환하다. 첫돌 때 찍은 수진이의 방긋 웃는 사진이 쳐다만 봐도 귀엽다.

5
싸왓디 캅

나이아가라 폭포

　세계의 어느 나라 사람도 다시 젊어지지 못합니다. 그렇지만 우리는 할 수 있습니다. 자, 이제부터 저를 따라 목이 터져라, 힘껏 세 번을 외쳐봅니다. 나이야 가라. 나이야 가라. 나이야 가라. 이렇게 해서 우리는 십 년이 젊어졌습니다. 젊어진 모습으로 내일 아침에 뵙겠습니다. 얼굴 가득히 미소를 머금은 현지 가이드의 선창으로 외쳐 본 나이아가라의 우리나라식 발음은 여행으로 들뜬 우리들의 마음에 색다른 즐거움을 주었다.

　폭포는 여러 가지 조명을 받으며 그 위상을 뽐내고 있다. 우리가 투숙하는 쉐라톤 특급호텔 방 안에서 미국과 캐나다

두 개의 폭포를 내려다볼 수 있다는 이야기를 전해 듣고 일행은 방으로 자리를 옮겼다. 함께하지 못한 친구 선녀와 좋은 경치를 나눌 수 없어서 내심 마음이 안타까웠다. 친구는 병중이신 어머니 구완을 맡이라는 이유로 도맡아서 한다. 어머니의 사랑을 독차지했던 만큼 아픈 어머니 혼자 두고 열흘간을 비울 수 없는가 보다. 유리창 너머로 보이는 폭포를 방 안에서 맞이했다. 환경이 달라지니 기분도 새로워지는 걸까. 늦은 밤까지 커피를 즐겨 마셨다.

고개를 돌리지 않아도 쏟아져 내리는 물기둥을 감상하며 느긋이 즐긴 나이아가라와 함께한 쉐라톤 호텔의 아침 뷔페는 생각지도 못했던 호사였다. 일행이 찍어대는 사진기가 돌아오면 표정 관리를 해봐도 벙글웃음으로 함박꽃을 피운 얼굴들이다. 톱모델이 아니면 어떠하랴. 자리가 자리인 만큼 한껏 우아한 포즈를 취해 보는 거다.

이제 본격적으로 나이아가라를 만나러 간다. 단단히 우비를 입고 카메라를 준비하여 우리는 안개 속의 숙녀호를 타고 폭포 바로 앞까지 다가갔다. 그야말로 줄기차게 쏟아지는 거센 물줄기 앞에 숨소리조차 낼 수 없는 감동이 밀려왔다. 6·25때 중공군의 인해전술처럼 물밀 듯이 밀려든다는 말이 바로 이해가 되는 순간이다. 대체 어디에서 저토록 많은 물을 쏟아내는 것인지 궁금증을 이기지 못하여 나이아가라 폭포 주변을 관광하는 헬기에 탑승했다.

나이아가라 폭포는 나이아가라 케스타에 걸려 있으며 이리 호와 온타리오 호로 통하는 나이아가라 강에 있다. 폭포는 하중도인 고트 섬 때문에 크게 두 줄기로 갈린다. 예로부터 인디언들에게는 잘 알려졌었으나 백인에게 발견된 것은 1678년 프랑스의 선교사 헤네핑에 의해서라고 했다. 신대륙의 대자연을 상징하는 대표적인 것으로 선전되어 전 세계에 알려지게 되었던 것이다.

큰 빙하가 여러 차례 발달과 쇠퇴를 거치면서 생겨났는데 빙하시대 후기, 가장 최근에 생겼던 위스콘신 빙하는 이만 삼천 년 전에 시작되었다. 캐나다 전체와 미국 북부지방은 약 삼 킬로 정도 두께의 얼음으로 덮었으나 지금으로부터 일만 년 전에 이 지역의 빙하가 거의 녹았다. 마지막 빙하가 녹으면서 수많은 호수와 하천이 형성되었는데 이로 말미암아 나이아가라 절벽이 다양하게 침식되어 절벽선이 지그재그 형태가 되었다. 그러니까 흐르는 이 물은 일만 년 전의 빙하가 녹은 물이다. 거대한 대자연을 품은 지구는 말이 없었다.

폭포의 주변은 경치가 아름다워 공원화되어 있으며 교통과 관광시설이 잘 정비되어 있어 세계 각국으로부터 수없이 많은 관광객이 찾아들고 있다. 밤하늘이 눈을 뜨기 시작하는 초저녁 떠오르는 달은 우리나라와 다르지 않음을 느끼며 넉넉한 대자연의 거친 숨결을 돌아본 가슴 충만한 감동은 앞으로 흔하지 않을 것 같다.

로키 산맥

먼 나라 여행을 꿈꾼 지 삼 년이다. 어디가 좋다던데, 이곳이 더 좋지 않을까. 이웃끼리 친목을 다지며 다달이 만나 모임을 하는 날이면 서너 군데 여행지가 물망에 오르면서 이곳저곳을 다니느라 입들이 사뭇 바빴다. 아침저녁 나부끼는 서늘한 바람에 산허리 춤이 알록달록 붉어지고 어디론가 훌쩍 떠나고 싶은 마음들이 모여 올해의 마지막 기회라며 캐나다 메이플로드 관광으로 결정했다.

잡아놓은 날이 순식간에 다가와 대망의 캐나다 여행길에 올랐다. 단풍 문양이 예쁜 캐나다 비행기에 탑승하여 하룻밤과 낮을 지나 도착했다. 캐나다는 세계에서 두 번째로 큰 면

적을 차지하고 있는 축복받은 자연환경을 자랑하는 아름다운 나라이다.

조상의 고향에 오신 걸 환영한다는 뜬금없는 소리에 일행이 놀라니 조근조근 설명을 해나가는 현지 여행 가이드의 말이 재미있다. 이곳 캐나다 원주민은 몽고반점을 지닌 북방 아시아계로 아버지를 아파치라고 발음하고 있으며 먼 옛날에 베링해협이 크게 벌어지기 전에 이곳으로 넘어와 살게 된 우리의 조상이라고 했다.

우리나라의 많은 젊은이가 이곳으로 와서 터전을 잡아 이 지역을 하루빨리 접수해야 한다고 해서 버스 안은 온통 웃음 바다가 되었다. 세계적인 단풍의 나라 캐나다는 국기 문양이 단풍일 만큼 단풍 체험으로도 유명하다. 나이아가라에서 퀘벡까지 이어지는 팔백 킬로가 메이플 로드라고 불리는 단풍 길이다. 가슴 가득 설렘을 안고 오른 여행길에 현지 가이드 말이 심상치가 않았다. 올해는 어쩐 일인지 단풍이 곱지가 않고 그나마 태풍 탓으로 많이 떨어졌다며 대단히 미안하다는 거다.

동부 산림대인 세인트로렌스 강 연안은 단풍나무, 너도밤나무, 자작나무 등이 형형색색으로 물들어 보는 이의 가슴을 설레게 한다는데 눈부시게 아름다운 체험을 겪을 수가 없다고 했다. 무척 실망이 되었지만 어쩌랴. 즐거운 여행을 위해 아쉬운 대로 끝없이 늘어선 단풍나무들의 전송을 받으며 그나마 단풍이 남아있는 곳은 차를 세워서 보도록 해주는 가이드의 마음 씀씀이가 위로를 대신했다.

어둑새벽에 눈곱을 떼고 서둘러 찾아가 마주한 로키산맥은 그야말로 "아, 로키 산맥이여." 더 이상의 말이 필요치 않았다. 긴 시간을 들여 비행기를 탔던 모든 수고로움은 그 이상으로 보답을 받았다. 에펠탑의 높이를 능가하는 새파란 빙하의 두께가 우리나라의 63빌딩의 높이라니 믿을 수 없는 사실이 눈앞에 펼쳐졌다. 눈에 보이는 세계가 전부가 아니라는 사실을 여실히 보여준다.

가이드가 언제 준비했는지 커다란 태극기를 가지고 등장해서 우리의 환호를 받았다. 태극기를 잡고 일행들이 손을 흔들며 사진을 찍다 보니 여기저기에서 각 나라 국기가 나부낀다. 각각의 관광버스마다 가이드의 연출대로 관광객들은 빙원의 이곳저곳에서 나라를 빛낸 동계 올림픽 메달을 딴 선수들처럼 활짝 웃으며 사진을 찍었다. 그 모양이 우스웠지만 어쩌랴, 이것도 하나의 추억인 것을.

로키 산맥의 대표적 관광지인 콜롬비아 대빙원은 북극 빙하의 마지막 자락으로 북극을 제외하고 북반구에서 가장 큰 빙하이다. 어마어마한 빙하는 알래스카 해안까지 이어진다고 한다. 콜롬비아 아이스 필드는 해발 이천 미터까지 설상차를 타고 들어갈 수 있다. 우리를 태운 설상차는 바퀴만 해도 사람의 키만큼 높았지만 대자연 앞에서는 한낱 장난감 정도로밖에는 보이지 않는다. 우리 인간의 존재는 하염없이 작고 나약해 보였다.

거대한 자연 앞에 숙연해지는 마음은 겸손을 배우라는 가르침임을 몸으로 느껴 본다. 높은 산을 미처 따라 올라가지 못한 채 수목 한계선까지 들어선 나무들은 모진 추위와 바람을 못 이겨 마치 미운 사람 보기 싫어 등 돌린 형상을 하고 있다. 생명의 위대함이라니. 바람을 받지 않는 반대쪽으로 가늘게 잎들이 겨우 붙어있어 그래도 죽지 않고 살아있음을 느끼게 했다.

로키 산맥의 주변 호수와 강물의 색깔은 에메랄드빛으로 아무리 보아도 매혹적이다. 풍덩 빠지면 마음마저 파랗게 물들 것 같은 그림 같은 경치는 어느 시인이 읊었듯이 보고 있어도 또 보고 싶다. 빙하의 석회석이 녹아있어서 이런 아름다운 색깔을 낸다고 한다. 빙하가 매년 칠, 팔 미터씩 녹아들어 현재의 속도라면 오백 년 후에 빙하의 모습은 사라질 것이라고 한다.

호수의 절반 이상이 얼어 있으며 산에는 만년설이 수북이 쌓여있고 푸른 하늘을 꿋꿋하게 이고 서 있는 로키 산맥의 풍광, 너무나 아름다운 자연이기에 지구 온난화에 대한 걱정이 어느 때보다 절실한 안타까움으로 남는다.

퀘벡을 다녀오다

　퀘벡은 유네스코가 지정한 세계유산 도시이다. 인디언 말로 '강이 좁아지는 곳'이라는 뜻을 가진 퀘벡은 유럽보다 더 유럽적인 곳이라고들 한다. 세인트로렌스 강가 쪽으로 쭉 걸어서 내려오면 쁘띠샹쁠 거리를 만날 수 있다. 각종 아담한 상점들과 음식점과 갤러리 등 거리의 구석구석이 모두 마음에 들었고 주변 경치와도 잘 어우러졌다. 더할 나위 없이 프랑스적인 곳은 르와얄 광장이다. 캐나다에서 가장 깊은 역사를 가진 이 광장의 한가운데를 장식하고 있는 것은 루이 14세의 흉상이다. 가파른 지붕을 가진 18세기 초의 건축물들로 둘러싸인 이 광장은 여전히 그들이 프랑스를 계승하고 있음을 몸으로 보여준다.

　퀘벡 시의 거리를 걷다 보면 눈길을 끄는 프레스코화를 종종 만날 수 있다. 프레스코는 덜 마른 회반죽 위에 수용성 물감으로 채색한 벽화로 벽이 마르게 되면 수용성 물감이 벽에 스며들면서 고착되어 색채가 견고하게 붙는 기법을 이용한 것이라고 한다. 기원전부터 로마인이 이 화법을 썼다고 한다. 퀘벡의 겨울이 너무 추워서 북쪽으로는 창을 내지 않았고, 그렇게 텅 빈 벽에 그림을 그리기 시작한 것이 아름다운 벽화의 기원이라고 한다. 벽화의 기원은 사백 년을 거슬러 올라가며, 현재는 관광자원으로서 주 정부에서 관리한다고 했다. 무명 화가들이 사람들의 일상을 그린 프레스코화는 실제로 사람이 창문을 통해 내다보는 듯한 착각을 불러일으킨다.
　그중에서도 화려하고 눈길을 끄는 프레스코화는 오 층 정도 되는 높이에 그려 넣은 실물 크기의 벽화다. 길의 무늬와도 교묘하게 연결되어 그림임을 얼른 알아채기가 쉽지 않다. 그림 속에는 열여섯 명의, 퀘벡 역사에서 중요한 인물이 그려져 있으며 동시에 현재의 생활 모습이 자연스럽게 섞여 있다. 우리 일행이 벽화 앞에서 이리저리 섞여 포즈를 잡고 사진을 찍자, 역사 속의 인물인 양 입체감 있게 잘 어울린다. 역사라는 것이 끊어진 과거의 일이 아니라 현재와 이어지고 있음을 한 장의 그림으로 보여주는 듯하다. 봄과 여름 그리고 가을, 겨울의 변화를 모두 그려 넣은 것이 특색 있다.

16세기 초, 세인트로렌스 강에는 프랑스의 식민주의가 흘렀다. 당시 원주민의 땅이었던 퀘벡을 탐험가 사뮤엘 드 샹플랭은 새로운 프랑스로 만들고자 했고 프랑스인들을 하나 둘 이주시켰다. 누벨 프랑스의 수도가 된 퀘벡은 근대주의의 흐름을 피하지 못하고 유럽 강대국의 싸움으로 역사를 채우게 된다. 영원한 국가는 없듯이 사뮤엘 드 샹플랭이 세운 퀘벡도 몽캄 장군이 이끄는 영국군에 의해 함락되어 퀘벡은 영국령이 됐다. 시타델의 남쪽으로 걸어 산책을 마무리하면 아브라함 평원으로 불리는 전장 공원이 나오는데 바로 이곳이 두 나라가 싸웠던 터다. 치열했던 전쟁의 흔적은 온데간데없고 노래를 흥얼거리며 운동 중인 노인, 형형색색의 레깅스를 신고서 무리 지어 지나가는 청춘 남녀들이 공원을 메우고 있다.

프랑스로부터 이 지역을 빼앗은 영국은 미국과의 전쟁 때 이곳을 지키기 위해 성벽을 쌓기 시작하였으며, 지금은 도리어 성곽도시로 유명세를 타고 있다. 성벽은 해변 벼랑을 따라가며 여행자들에게 전망 좋은 산책로를 제공함과 동시에 도시를 신시가지, 구시가지로 구분하는 역할을 맡았다. 구조상 도시의 확대를 방해할 수밖에 없는 성곽을 도시 안에 품음으로써 옛 도시의 모습을 상상하게 해주는 한편 도시에 입체감을 부여한 것이다.

생장 거리나 생 루이 거리와 성벽이 만나는 곳에 성문이 있다. 이 성문 옆의 돌계단을 따라가면 성벽으로 올라설 수 있는데, 성벽을 따라 도시 전체를 한 바퀴 둘러볼 수 있다. 퀘벡 시는 허물어진 성곽을 최대한 복원시키고, 일부 구간은 허물어진 터를 보존하여 성곽이 어떻게 이어지는지를 알 수 있게 해준다. 우리는 있는 것을 그대로 보존하기보다 헌것은 뜯어내고 대부분 새것으로 고친다. 우리의 사고와 많이 다르다는 느낌이다. 제대로 된 역사 보존이 이런 것이 아닐까 싶은 생각이 든다.

해가 뉘엿뉘엿 넘어가고 세상이 어둠에 잠기면 도시는 새로운 옷을 갈아입기 시작한다. 거리와 상점에 하나둘씩 불이 켜지면 어느새 해질 무렵의 서늘함은 사라지고 그 자리에 화려한 풍경이 열린다. 네온사인이 켜진 상점들은 낮보다 환한 불빛을 드러내며 사랑스러운 거리를 만들어 낸다. 곳곳을 오가는 마차는 신기하게도 낮보다 밤에 더 많이 눈에 띈다.

　화가의 거리를 거닐다가 걸어놓은 많은 그림을 보려고 다가가는 우리에게 사진은 극구 찍지 말라고 말리는 그네들의 만류로 화폭에 그림을 담고 있는 화가의 옆모습만 찍어왔다. 대부분의 예술작품이 그렇듯이 모방에서 창조가 생겨난다는 것을 그들은 일찍이 깨달은 것일까. 늦은 밤 하루 일상을 끝내고 셔터를 내리는 아저씨의 어깨에도 인적이 드물어진 골목을 외롭게 비추고 있는 가로등의 긴 행렬에도 형언하기 어려운 고즈넉한 쓸쓸함이 짙다.

　다음날, 북미의 파리라고 하는 몬트리올 시내 관광을 하며 몬트리올 올림픽 스타디움을 찾았다. 1976년 양정모 선수가 레슬링에서 첫 금메달을 딴 곳이다. 최빈국을 겨우 벗어나던 시절에 올림픽대회의 금메달이라니 여러 나라에서 얼마나 많은 사람이 다녀갔을 텐데 양정모 선수의 이름 판만은 빛이 나도록 반짝거렸다. 어려웠던 시절을 벗어나 산업화로 우리 경제가 발돋움하는 그때 온 나라가 떠들썩했던 잊지 못할 감격이 어렴풋이 떠올라 우리도 자랑스러운 이름 판을 다시 한 번 쓰다듬었다.

　마지막 관광 코스로 북미 대륙 최초의 교구 성당인 노트르

담 성당을 찾았다. 성당은 호화로운 내부 장식과 루이 14세가 기증한 수많은 예술작품을 보유하고 있다. 성 요셉 성당은 르네상스식 성당으로 세계 최대 규모라고 한다. 성당에 들어서자 좌우 벽면에서 헤아릴 수 없이 많은 목발이 걸려 있다. 모두 앙드레 신부가 살아계실 당시에 이곳을 방문하였던 장애인들이 병을 치료하고 놓아두고 간 목발들이라고 한다.

그가 훌륭한 사람이었다는 것을 느끼게 하는 것은 이러한 기적을 행하는 능력보다 평생 사용했다는 조그마한 철제 침대와 단정하게 정돈되어 있는 검소한 침구들이다. 그의 청빈한 생애와 수도자로서의 참된 모습이 고스란히 느껴진다. 그가 이룬 많은 기적은 교황청으로부터도 인정받아 사후에 성인으로 추대되었다고 한다.

믿음, 사랑, 희망은 모든 이들이 공통으로 바라는 지극한 삶이 아닐까. 며칠간 캐나다를 두루 돌아보았다. 내일이면 고국으로 돌아가는 우리의 길도 안전하게 보살펴 달라고 그들의 신에게 빌어보았다.

벳부의 지옥 온천

아는 만큼 보이고 본 만큼 느낀다고 했나요. 매일매일 여행을 떠나듯 살아가는 우리네 삶, 여행 속에서 새로운 삶의 의미를 찾아보는 것도 지혜로운 일이겠지요. 호젓이 떠나는 여행도 의미가 있겠지만 그게 어디 잘 되나요. 모임에서 단체로 가게 될 때, 추진하는 총무님의 열성에 힘입어 겨우겨우 궁둥이 띄는 남편을 따라 가깝고도 먼 나라 일본을 갔어요. 때는 추운 한겨울 우리들은 지하 300미터에서 분출되는 뜨거운 증기와 흙탕물이 마치 지옥을 연상시킨다고 하여 지옥온천이라고 이름 하는 벳부 온천을 제일 먼저 들렀어요.

마을이 전부 연기에 휩싸인 벳부는 우리 어릴 때 동네 모양으로 끼니때 되면 덕아, 분아 밥 먹어라, 소리치던 어머니 뒤로 집집마다 굴뚝에서 연기가 뭉게뭉게 피어오르는 골목의 모습이네요. 풍월 호텔에 여장을 풀고 지옥 체험을 하러 갔지요. 가장 볼 만한 곳이 가마도 지고꾸(가마솥 지옥)라고 하네요. 옛날에 화산 열기에 큰솥을 걸고 밥을 하여 신들에게 받친 곳이라는 전설이 있다 하네요. 오만 가지 잡신을 믿는 참으로 일본다운 스토리텔링이네요.

'한 잔 마시면 10년 젊어집니다.' 우리글로 적힌 80도의 온천수 수도꼭지 앞에는 긴 행렬이 있어요. 두 잔 마시면 20년 젊어지겠네요. 황토 빛 온천물이 계속 뿜어져 나오는 이곳은 일명 진흙의 온천 연못이라 하네요. 여기에 풍덩 빠지면 익을 거라면서 일행 중에서 무시무시한 발언을 하네요. 갑자기 모두의 행동이 긴장 모드로 조용해졌어요. 지금은 모두 스팀이나 전기난로를 쓰지만 옛날에는 연탄난로나 석유난로를 많이 썼지요. 난로 위에 올려 놓은 주전자 물을 다리에 엎질러서 죽도록 쓰라리고 아팠던 기억이 있어요. 근 한 달을 넘게 치료하고도 잘 걷지도 못해서 친정 작은 동생이 가게 일을 도와주고 갔어요. 우리 계원들도 살이 데인다는 게 얼마나 무서운 줄 모두 아는 것 같네요. 100도의 탕은 뜨거운 만큼 연기도 많이 나더라고요. 이곳의 증기를 맡으면 피부에 좋다고 해서 킁킁거리면서 증기도 맡아보았어요. 가장 아름다운 푸른빛의 지옥온천은 뜨거운 온천이 급격한 온도의 변화로 에메랄드빛으로 변한다고 하네요. 아름답고 순수하고 반하고 싶은 색이네요. 여섯 가지 컨셉별 온천을 다 돌아보면 많은 사람들이 모여 있는 공간이 눈에 띄어요.

발을 담글 수 있는 족욕탕에는 온천수가 나무로 된 발을 타고 내려와 뜨거운 온도를 빠르게 식도록 장치해 놓았어요. 식은 온천물에 족욕을 하니 피로도 풀리고 온천물에 찐 계란을 까먹는 재미도 참 근사하네요. 유황이 배어들어 그런지 달걀이 갈색으로 변해 있어요. 맛있는 다음 식사를 위해 딱 두 개씩만 배급이네요. 겨울이지만 온천의 열기 때문에 여기저기 열대식물들이 거대하게 자리잡았네요.

긴린코는 겨울에도 수온이 높아 이른 아침에는 호수 주변에는 자욱한 물안개가 피어올라 로맨틱하면서도 신비로운 분위기를 자아낸대요. '석양이 비친 호수 면을 뛰어오르는 붕어의 비늘이 금빛으로 빛난다' 하여 '긴린코'란 이름을 얻었을 정도로 저녁 무렵의 풍경도 아름다워요. 어느 곳에서 폼을 잡아도 사진이 정말 예쁘다고 하네요. 특히 아침 안개가 유명하다네요. 유후인이 온천마을로 활성화되기 시작한 것은 1970년대 이후부터라고 해요.

'온천, 산업, 자연 산야의 융합'이라는 슬로건을 내걸고, 온천마을을 건설했는데. 여기서 흥미로운 것은 재개발이 현대화로 가는 것이 아니라 과거로 돌아가는 것이었대요. 마을에 들어서는 건물의 고도와 규모를 제한하고, 댐 건설을 반대하고 리조트 개발도 거부하고 대신 역사를 고증하여 옛날 시골 온천의 분위기를 지켰대요. 유후인에는 아직도 메이지 시대 양식의 가옥이 있어요. 전통의 명맥을 이어가는 술 창고와 가옥도 많고요. 규슈 지방의 옛 건물을 복원해 놓은 유후인 민예촌은 마을의 전통 이미지를 한껏 살려주고 있어요.

유후인의 긴린코 호수 인근에 자리잡고 있는 료칸 산토칸은 유후인에서도 손꼽히는 고급 료칸이고요. 료칸 산토칸의 자랑인 온천 시설은 히노키탕 히센노유와 대욕장 사기리노유가 있어요. 료칸 산토칸에서는 제철 식재료를 이용한 교토풍 가이세키 요리가 제공되는데 종업원이나 주인 구분 없이 그렇게 친절할 수가 없어요. 로마에 가면 로마법을 따르라고, 기모노를 입고 식사를 마친 다음날 아침, 일본 3대 성 중 하나인 400년 역사를 가진 구마모토 성을 갔지요. 그 성이 임진

왜란 때 우리나라를 쳐들어온 침략의 전초기지였다는군요.

구마모토성에서 대표적으로 구경하는 곳이 천수각이고요. 성을 따라 한 바퀴 돌아보니 축성의 명인 가토기요마사가 심혈을 기울여 만든 성으로 뒤편의 벽은 인간의 눈을 착각하게 만들어 타고 올라가기 좋도록 보이지만 모두 다 떨어진다고 하네요. 저희 것이 소중하면 남의 것도 아껴줘야 할진대, 사람 속을 모르겠는 것이 미소를 띤 일본 사람의 얼굴이라 하지요. 성의 수비를 위해 성 밖에 해저를 크게 파놓고, 성안에 은행나무를 많이 심어놓아 유사시 식량조달의 어려움을 대비했다 하네요.

교토가 수도로 정해진 지 1,100년을 기념하기 위해서 지어진 신사인 헤이안 신궁은 빼놓을 수 없는 관광 포인트지요. 다음날은 일본 최고의 활화산 아소 산이 있는 아소로 이동하여, 광활한 초원이 천리만큼 넓게 펼쳐진 쿠사센리와 코메즈카를 관광하였지요. 코메즈카는 초원 너머로 조그맣게 솟아 있는 특이한 언덕으로 모양이 마치 쌀 알갱이를 쌓아 올려서 만든 무덤과 같다 해서 붙여진 이름이래요.

아소 산은 일본 구마모토와 오이타 현에 걸쳐져 있어요. 세계 최대의 칼데라를 갖고 있는 복식화산으로 아소 국립공원에 주요부를 형성하고 있고 중앙 화구인 나카가쿠 산은 현재도 활동 중이며, 그 화구 구경이 아소 산 관광 중심이라는군요. 아소 산 분화구까지는 차로 5분이지만 도보로 올라가면 30분은 걸려요. 아소 산은 유황가스 때문에 바람 방향에 따라서 통제가 되는 곳도 있어요. 그리고 운이 없으면 분화구 근처도 못 올라가고요. 운이 좋았는지 저희는 구경을 잠시 했어요. 혹시나 농도가 심하다면 기관지나 천식이 있는 분들은 방문을 피하는 것도 좋다고 해요.

사루마와시 원숭이 극장은 아소 산 입구에 있는 오랜 전통을 가진 원숭이 극장이래요. 빨간 얼굴에 그야말로 노랫말에서만 듣던 빨간 궁둥이를 가진 전형적인 일본원숭이네요. 공연이 시작되기 전에 음료수와 음식을 팔아요. 그리고 흐르는 안내 문구에 '공연 관람 중 음식물을 드셔도 괜찮습니다.' 공연을 진행하면서 한국어와 중국어가 자막으로 뜨기도 하네요. 역시 일본의 장사 수완은 놀랍기까지 해요. 두 명의 조련사와 두 마리의 원숭이는 호흡을 맞춰 콩콩도 뛰고, 사다리도 오르고, 공연은 단순히 서커스처럼 신기하게만 진행되는 게 아니라 중간 중간에 콩트도 넣고 반전도 있고 갖가지 재밌는 요소들이 많았어요. 공연이 끝나고 밖에 나갈 때 작은 원숭이와 악수도 할 수 있어요.

  며칠간이었지만 친목 도모에는 여행이 필수인 것 같아요. 부대끼고 뒹굴고 같이 먹고 함께 노니까 속도 드러내고 편해지네요. 여행의 마지막은 역시 쇼핑을 빼놓을 수 없지요. 지인에게 부탁을 받은 화장품, 향수 등등을 구입한 후에 회원 모두는 선물을 받으며 좋아할 가족을 그리는지 미소도 환한 얼굴로 여유롭게 비행장으로 향했어요. 관광 갈 때는 '카멜리아호' 배에서 일박을 하고 갔으니 집으로 돌아올 때는 빠른 속도로 와야 한다나 봐요.

팍상한 계곡

　남편의 직장 선후배 모임인 '형제회'에서 부부모임을 한 지도 거의 십수 년이 흘렀으니 해외여행 한번 가자고 의논이 났습니다. 우리 부인들은 무조건 찬성했습니다. 아이들을 키우고 살림만 하다가 어느 곳이든지 여행을 한번 떠나는데 의의가 있다고 생각했습니다. 마침내 결정하여 따뜻한 나라 필리핀으로 간다고 했습니다. 그 무렵에는 해외여행이 처음인 집이 많아서 단체로 여권을 만들었어요. 여러 벌의 옷과 소품을 가방이 터지지 않을 만큼 챙겨서 비행기에 꿈을 싣고 날아온 곳이 마닐라입니다.

　팍상한 폭포는 세계 7대 절경에 속하며 필리핀의 대표적인 관광지이기도 해요. 어떤 곳이든지 정확히 알기란 쉽지 않습니다. 왜냐하면 도시는 끊임없이 변화하고 있기 때문입니다. 비록 모든 것을 알 수는 없지만, 바르게 볼 필요는 있습니다. 여행을 통한 배움은 바르게 보는 데서 오기 때문입니다.

곽상한 폭포를 가기 위해 우리들은 강 중간에 있는 선착장에서 방카라고 불리는 통나무배를 탔습니다. 카누처럼 생겼는데 매우 좁고 길이는 비교적 길어서 사공의 앞뒤로 관광객을 태웁니다. 그리고 모터보트 한 대가 방카 5대에서 10대쯤 매달고 상류를 향해 거슬러 올라갑니다. 우리 회원들도 일렬로 매달려 다 같이 출발을 했습니다. 조금이라도 중심이 흐트러지면 바로 뒤집어질 것 같아요. 강의 좌측, 우측 풍경이 절경입니다. 정말이지 그림같이 아름답네요. 강의 좌우로 필리핀 현지인이 사는 모습도 보입니다. 한가로이 풀을 먹는 소와 빨래하는 여인, 세수하는 아저씨, 울창한 열대우림만 아니면 우리네 시골 풍경처럼 정겹습니다.

그러다 상류에 다다르면 모터보트는 떠나가고 사공 두 명이 앞뒤에서 열심히 노를 저어요. 죽을 힘을 다하는 것 같습니다. 중간중간 힘든 표정을 능숙하게 지어주네요. 마침내 협곡에 다다르자 사공들은 내려서 방카를 뒤에서 밀고 앞에서 끌어줍니다. 남편과 나는 가만히 배에 앉아 있기가 참으로 민망했습니다. 크고 작은 폭포가 펼쳐지고 풍경은 더욱 장관입니다. 중간쯤 오니까 쉼터가 있었어요. 닭다리와 음료수를 5달러에 팝니다. 수고하는 사공에게 닭다리 세트를 사주었는데 먹지를 않습니다. 이것을 교환하면 3달러를 받는데 집에 있는 배고픈 가족이 한 끼를 포식할 수 있다고 하네요. 우리 어릴 때 배고픈 시절이 생각나 짠한 마음에 눈시울이 뜨거워지네요. 이 사람들은 일주일에 딱 하루 한 번만 사공 일을 할 수 있고 일당은 350페소라고 해요. 남편이 슬쩍 두 사람에게 팁을 건넸습니다. 인정을 나누고 마음이 편한 게 훨씬 낫습니다.

드디어 곽상한 계곡에 도착했네요. 엄청난 물줄기와 높이를 자랑합니다. 열대 땡볕에 구명조끼로 무장하고 한 시간 정도를 올라온지라 물줄기를 맞으니 그 시원함과 쏟아지는 물의 위세가 대단합니다. 더위가 한 방에 날아갑니다. 방카를 타고 가만히 앉아서 두 눈만 바빴어도 시장하네요. 필리핀에서는 바나나를 포장마차 같은 데서 튀겨서 파는데 단맛이 깊게 느껴지고 맛이 좋았어요.

이 나라에서는 자동차를 생산하지 못하여 개조하고 조립

한 지프니를 많이 탑니다. 이제 산파브로시 외곽에 위치한 빌라에스쿠데로, 에스쿠데로 대저택 개인 박물관으로 출발합니다.

전체 면적이 25핵타의 광활한 대지에 세계에서 가장 큰 개인 박물관과 테마파크가 있습니다. 스페인계 에스쿠데로 일가가 자신들이 소유한 코코넛 농장에 설립했다고 해요. 야자수 숲길을 지나면 나오는 작은 마을이 주인 이름을 딴 빌라 '에스쿠테로'인데 빌라내부에는 카바라우(물소)가 이끄는 전통 마차를 타고 곳곳을 둘러보는 색다른 재미도 누릴 수 있어요. 박물관에는 과거 스페인 지배 당시의 카톨릭 유물들과 필리핀의 동·식물, 필리핀 역대 화폐, 세계 화폐들이 전시되어 있고 필리핀 역대 대통령의 사진과 옷들이 전시가 되어있어요.

물줄기를 끌어와 폭포를 만들어 그 아래 꾸민 계곡에 손님들이 발을 담그고, 폭포 앞 대나무 테이블에 앉아 한여름의 시원한 식사를 즐겼어요. 통돼지구이, 대나무 잎에 싼 밥, 카레 등 점심은 뷔페로 제공되네요. 식사 후에 민속 공연이 시작되는데 그야말로 필리핀의 과거와 현재를 느낄 수 있게 잘 표현해 주는 공연입니다. 필리핀에서 기득권을 차지한 스페인 사람들은 대대로 부귀와 영화를 누린다는 생각이 잠시 드네요. 물론 다 그렇지는 않겠지만요. 떠날 때의 부푼 가슴이 있었다면, 보고 싶은 가족이 있는 곳으로 돌아가는 기쁨도 그에 못지않다는 사실을 느끼며 남편이 사준, 일본인들이 그토록 탐을 냈다는 필리핀산 남양 진주 반지 낀 손이, 아니 진주 반지가 아름답네요.

싸왓디 캅

싸왓디 캅. 두 손을 다소곳이 모아 고개를 숙여 인사하는
모습이 정겹게 다가온다. 던 청년은 우리 여행사의 현지 가이
드를 도와주는 태국인 보조 가이드다. 가지런한 이를 드러내
며 웃으니 미소년 같다. 파타야에서도 방콕에서도 사람들의
모습은 온화하다. 더운 나라 간다는 설렘에 주섬주섬 챙겨 넣
은 옷가지와 잡동사니로 가방이 복잡하다. 나이가 고르지 않
은 방송대학교는 뒤늦게 배움의 문을 두드린 만학도들의 열
정으로 모임은 늘 화기애애하다. 나이가 많은 축에 들어가는
나는 왕 언니라고 불리기도 한다. 주위에서 친구들이 머리 아
프게 이제 와서 무슨 공부냐고 한다.

배울수록 가슴 가득 차오르는 나만의 기쁨을 모르기에 하는 말이다. 공부한다고 머리에 다 남지는 않는다. 그러기에 배워야 한다는 것이 나의 지론이다. 콩나물의 콩도 흘러내리는 물만 먹고도 콩나물이 쑥쑥 자라지 않는가. 백문이 불여일견이라고 세계의 풍속과 문화를 책으로만 배울 것이 아니라 문화 탐방을 하자는 뜻이 모아져 가게 된 여행이다. 1년에 한두 번이라도 나가서 다양한 문화를 체험하자는 거다.

수년 전 부부 친목계에서 해외여행을 다녀왔다. 박물관도 돌아보고 경치 좋은 계곡도 돌아봤지만 사람 사는 곳은 거의 같다고 느꼈다. 학생의 신분이 되어 가보는 여행은 보는 관점부터 다르다. 이 나라 문화와 경제가 어떠한지, 기후변화와 국민성이 어떤지 두루 살펴보게 된다. 이곳은 다량의 석회질을 함유하고 있어 마음놓고 물을 마실 수 없는 아쉬움이 '집 떠나면 고생이다.'라는 말을 실감 나게 했다.

호텔에 도착해서 짐을 푼 우리들은 늦은 밤 진실게임 등으로 가슴을 활짝 열고 열대 과일을 안주로 소주 파티를 열었다. 학생 시절에 유독 따랐던 총각 선생님 이야기를 하였다. 던이 선생님의 모습을 많이 닮았다. 배꼽 빠지는, 눈물 핑그르르 돌던 이야기는 우리의 소중한 추억으로 접어두었다. 여행의 낭만적인 기분이 아니고서는 있을 수 없는 풍경이다.

방콕의 동서를 가르는 짜오프라야 긴 강줄기에 즐비한 수상가옥들, 수상 시장의 예스러운 모습은 현대 건물과도 잘 어우러졌다. 온 시가지로 연결되는 운하는 수상교통의 큰 역할을 담당한다. 파타야에서도 다양한 해양 스포츠를 즐기도록 해 놓았다. 산홋빛으로 아름다운 바다를 가르며 바나나 보트를 신이 나게 탔다. 낙하산 메고 둥둥 하늘에 떠가던 기억은 스릴이 있었으며 지금도 사뭇 새롭다.

정교하기가 실물과 똑같은 세계 유명 건축물들을 축소해 놓은 미니 시암 관광도 탄성이 절로 나온다. 이리하여 관광객을 하루 더 숙박하게 할 수 있다. 빈부 격차가 심한 이곳은 하루 1000원 미만으로 생활하는 하층이 있는가 하면 대단위 테마파크 농장을 소유한 상층도 있다. 열대 정원 농눅빌리지 민속촌은 개인 소유로 5,000여 종의 열대 정원과 태국 민속 쇼와 더불어 각종 동물 쇼를 공연하며 입장료를 받아 부가가치를 올린다.

든든한 코끼리 등에 얹혀 높은 나뭇가지를 만지며 숲을 헤쳐 나가니 시간을 역행해 고대에 온 기분조차 들었다. 전쟁에서도 운송에도 이용되더니 이제는 상업 수단으로 코끼리 트

래킹을 개발했다. 코끼리의 온순함 때문이리라. 어린 시절 보았던 서커스단의 코끼리 쇼는 이곳이 원조였던가. 많은 재주를 부리는 어미 코끼리에 비해 이제 재주를 익히는 재롱스러운 아기 코끼리가 실수하면서 제스처를 쓸 때 좌중은 웃음 도가니에 빠진다. 코끼리 아이큐는 90 정도로 동물 중 제법 높다고 한다.

우둔하기로 돼지만 한 것이 없다고 생각했다면 천만의 말이다. 이곳의 돼지는 더하기, 빼기, 곱하기, 나누기를 척척 계산해서 맞는 숫자를 입으로 찾아내는 재주에 많은 관광객의 환호성을 받았다. 숙련된 오늘이 있기까지 고통스러웠을 나날들이 가슴 한 부분을 저리게 한다.

이곳 사람들은 전생의 많은 보시로 인하여 부자들은 복을 받는 것이라고 생각하기 때문에 있는 사람을 시기하지 않는다. 자신도 보시하여 다음 생에 좋은 삶을 가질 수 있다고 믿는다. 사회에 무슨 일이 생겨도 그럴 수 있다고 이해하기 때문에 부정부패라고 이름 짓지 않는다. 바쁜 것이 도무지 없고 아무 생각이 없을 것 같은 그들 때문에 6개월 만에 살이 쏙 빠졌다고 현지 가이드는 하소연한다.

5월에서 10월까지 우기 6개월과 11월에서 4월까지 건기 6

개월로 일 년이 하루같이 더운 이 나라에서는 사람들은 매사에 느긋하다. 로마에 가면 로마법을 따르라 하지만 이들을 보면 답답하기도 하다. 동절기가 닥치는 우리나라에서는 겨울 갈무리에 마음마저 쫓기듯이 더 바빠져서 우리 국민은 빨리빨리 체질형이 되어버린 것일까.

태국의 안마는 600년 전통으로 유명하다기에 여독도 풀 겸 단체로 받았다. 언어가 통하지 않아도 환한 미소가 편안했다. 안 아파, 하고 물어보는 우리말 한마디가 반갑기 그지없다. 땀 흘려가며 더워도 생긋이 웃는 그들에게서 참으로 친절하다는 첫인상을 받았다.

한때 강성했던 시절에 이 나라는 왕궁을 금박으로 치장했다. 오늘날 관광객을 유치하는 왕궁과 에메랄드 사원 등에서 금박 입힌 불화를 볼 수 있었으며, 불교문화를 느껴보았다. 태국의 건축양식이나 예술은 타민족의 문화를 받아들이면서 많은 영향을 받아 태국에 맞게 고치고 다듬어서 태국만이 갖는 독특한 양식으로 변화되었다. 남의 좋은 것은 다 받아들이는 사고가 탄력이 있어 보인다.

머리에 청수를 적셔 소원 빌어보라는 가이드의 말대로 사원 앞에서 합장을 해본다. 예나 지금이나 나약한 인간의 존재는 의지처가 없어서는 안 되는 걸까. 무사히 귀국하게 해달라는 기도는 모두의 바람이리라. 방콕의 낮과 밤이 완전히 다른 문화를 피부로 느끼며 방콕에서 칼립스 카바레 쇼를 끝으로 일정을 마친 우리 일행은 비행장으로 발길을 돌렸다.

아들이나 딸이 게이가 된다 해도 그들의 선택을 존중한다는 태국인의 정신이 태국을 게이의 천국으로 만들었을까. 뒤에 들어보니 던도 게이라고 했다. 그래서 몸가짐이 다소곳하고 예뻤던가. 해변에서 우리 모두는 곱상한 던을 잡고 서로 사진 찍기에 바빴다. 여자이고 싶은 던에게 우리는 크게 실수를 한 거다.

올 때와 마찬가지로 스와나품 공항은 외국 관광객들로 북적였다. 세계 어느 곳이라도 연결되는 방콕의 항공망은 태국을 찾는 관광객에게 더 없는 편리함을 제공한다. 가족이나 연인이 즐길 수 있는 편안한 휴식처와 천혜의 자연 조건을 이용한 관광의 조화로운 개발이 돋보였다. 희미한 기억보다는 선명한 사진이 낫다 하여 가져온 옷들을 분주하게 갈아입고 열심히 포즈를 잡았다. 싸왓디 캅 하며 다소곳이 두 손을 모으며 고개를 수그리는 모습이 곱다. 태국은 사람들의 천진한 미소가 자꾸만 끌리는 아름다운 나라다.

늦깎이 졸업 여행

산다는 건 어쩌면 수없는 절차의 반복이 아닐는지. 개인들의 내밀한 일상을 묻어놓고 우리는 배낭을 메고 나섰다. 소매물도와 통영의 시티투어 답사 졸업 여행이다. 또 하나의 구두점을 찍으려고 뜻을 같이 한 학우들이 학교 앞에서 뭉쳤다. 맥주, 양주, 소주, 수박, 찜닭, 떡이랑 김밥, 음료수 등 보기만 해도 절로 배가 부르다. 우리 졸업하고 답사 동아리 결성하면 낭만구디라고 이름을 짓자고 홍 오라버니가 제안한다. 그거 좋지요. 즉시 대답이 돌아온다.

방송통신대학교 4년이란 세월은 결코 녹록지 않았다. 돌아서면 다가오는 시험과 리포터에 마음 한 자락은 항시 바쁘다.

모자란 학문을 채워간다는 충족감보다 시험에 대한 압박이 훨씬 크게 다가오는 건 호사스러운 생각일까. 인간과 교육을 논하고 철학을 논하는 여유보다 시험이 어느 관점으로 나올까에 신경이 곤두선다. 나이는 어쩔 수 없는 모양이다. 책을 한 번 보고 후에 다시 볼 때는 이걸 언제 봤던가 싶으니 웃지 못 할 일이다.

이렇게라도 학업을 계속해야 하냐는 갈등 속에 한 학기를 남겨두고 돌아보니 가정을 꾸리는 주부 노릇에 아이들 건사하고 남편 뒷바라지에 직장을 나가는 사람이 태반이다. 그렇게 우리들이 걸어온 길, 공주(공부하는 주부)는 아름답다 하리라. 오늘은 공부 얘기는 하지 않기로 해놓고도 논문 얘기가 자연스럽게 이어진다. 다음달 초순까지 논문 제출 기한이기 때문이다. 소신 있게 하자고 해놓고도 논문 통과가 수월한 교수님을 찍어본다. 어른 학생도 눈치만 늘어간다.

태풍 갈매기가 중국에 있으면서도 그 여파가 만만찮아 출발 전에 마음들을 졸였는데 날씨가 그럭저럭 맑아오면서 통영에서 소식이 날아왔다. 소매물도 배편이 예정대로 뜹니다. 포카리스웨트의 선전을 찍었던 그곳, 하얀 등대가 그림 같은 곳을 우리들이 직접 만나는 거다.

그가 있기에 우리들의 우애가 돈독하게 건재함이 아닌지. 안동에서 꼭두새벽에 오신 홍 오라버니다. 말없이 학우들의 편의를 위해 갖은 정성을 기울이는 마 대표님이다. 총대를 메고 예약에서 일정 모두를 총괄하는 항상 수고 많은 강 총무님. 운전까지 불사하며 즐거운 여행을 위해 시간을 비우신 인원 부대표님. 학원 운영이 바쁜 와중에 동참한 기옥 언니, 김치랑 맛난 반찬을 지참하고 웃음까지 선사하는 애교 만점 태순 씨, 먼길 마다 않고 참석한 열정적인 범생이 순임 씨, 신랑 눈치봐가며 겨우 참석했다는 정란 씨, 언제나 싹싹한 연진 씨는 사진 찍는 봉사를 마다하지 않는다. 눈치 있게 여러 일을 담당하는 태숙 씨, 밥 짓는 솜씨도 그만인 복선 씨는 한 미모 하기까지. 미경 씨의 오이를 얇게 저미는 솜씨는 TV에 나가도 손색이 없을 듯하다. 유일하게 가족이 동참해서 따뜻한 분위기를 연출해준 이상복 씨 모두가 없어서는 안 될 사람들이다.

시간을 아껴 쓰려고 일층 선실에서 점심 식사를 펼쳤는데 이층 갑판의 시원한 곳에서 아무 탈이 없더니 자리를 옮긴 후 졸지에 닥쳐오는 뱃멀미에 일행의 얼굴에 하얗게 핏기가 가신다. 부랴부랴 점심을 거두고 소란이 끝났다. 역시 배를 타는 여행은 갑판에서 풍경을 즐겨야 하나 보다. 드문드문 구름이 머무는 끝 간 데 없이 푸른 바다에 점점이 다가오는 섬, 저기가 소매물도인가 보다.

내리쬐는 뙤약볕에 무작정 올라가야 하는 산길을 따라 눈앞을 가리는 땀을 주체하지 못하겠으니 이구동성으로 한마디씩 한다.

"집 나서면 고생이라."

얼마나 걸었을까. 내려오는 사람에게 등대는 얼마나 가야 하는지 물어보니 아직도 멀었다는 대답이다. 솔직한 답변이지만 힘이 탁 풀린다. 큰 나무가 없으니 그늘이 보이지 않는다. 산중턱 임자 없는 집 마루에 무작정 짐을 내리고 한참을 쉬었다.

"누가 남의 집에 들어와 있느냐." 일갈하며 들어서는 할머니다. 이 섬을 개인이 사버려서 작년까지만 해도 민박도 하고 괜찮았는데 산 위로 쫓겨나서 요즘 힘들다고 했다. 생활이 막막해지니 인심마저 각박해진다. 물조차 그냥 주지 않으신다. 힘을 내어 다시 한 걸음씩 옮겨본다. 대낮의 햇볕에 맞서려니 완전히 무장 수준이다. 꾹 눌러쓴 모자마저 힘겹다. 거의 다 올라왔을까. 폐교가 된 학교에서 짐을 내리고 주저앉았다.

멀리 보이는 등대는 어렵고 망태봉은 얼마 안 되니 가보자는 의견이다. 예전에 망태봉에서 밀수하는 것을 감시했다고 한다. 모양이 초소 같기도 하고 방공호같이도 보인다. 섬은 동백나무와 후박나무의 자생지로 군락을 이뤄 모습이 장관이다. 왕동백나무 열매가 얼마나 굵은지 동백기름 짠다는 것이 충분히 이해가 된다. 언덕을 넘으니 그림 같은 모습이 눈앞에 펼쳐졌다. 푸른 바다. 철썩이는 파도, 하얀 등대와 어우러진 구름 한 조각, 모세의 기적같이 바다가 갈라져 길을 내준 자리에 사람들의 행렬이 이어진다.

모든 것에는 그들만이 지닌 고유한 표정과 그곳에 있어야 할 존재의 독특한 의미가 있다는 귀중한 깨달음을 얻는다. 섬의 표정을 놓칠세라 두 눈과 가슴은 삼복더위보다 더 뜨겁고 분주해져 온다. 아름다운 마을 100선에 뽑혔다는 이야기가 수긍이 된다. 몸을 휘감아 오는 머리까지 상쾌한 지금의 기분을 오래도록 기억하리라. 지금은 항만청에서 관리하지만 예전에 일본 사람이 지켰다는 등대는 지나간 세월을 말해주듯 만만찮은 연륜이 보인다. 무엇보다 오래된 것과의 대화는 나를 많이 변화시킨다.

그을린 얼굴과 팔을 회복시켜야 한다고 총무가 오이를 꺼내니 미경 씨의 평소 집에서 하던 솜씨가 나온다. 얇게 저미는 솜씨가 보통이 아니다. 나란히 누워있는 학우들 얼굴에 오이를 얹어주는 인원 부대표님의 댄스를 겸한 서비스가 그만이다. 웃음이 한 바구니가 넘는다. 우리는 오늘 이후로 부대표 인원 팬클럽을 만드는 건 아닐까. 희붐하게 날이 밝아오자 비가 세차게 퍼붓는다. 오늘 일정을 어떻게 하나 걱정하는 사이 날씨가 활짝 개었다. 어른들 말씀이 큰일에는 날씨 부조가 제일이라더니 고맙기 그지없는 날씨다.

토영 마실[1] 길라잡이의 안내에 따라 조신하게 움직이는 학우들의 진지한 모습이다. 아무래도 애국자상을 받아야 하지 않을까. 해박한 지식과 당당한 자신감으로 길라잡이 선생님의 우리나라 사랑, 통영 사랑이 이만저만이 아니다. 언젠가는 이순신 장군 열렬팬 상을 수상하지 않을까 싶다. 예로부터 통영은 삼도수군통제사가 있었고 세병관이나 해저 터널도 그 옛날부터 있던 것이지만 투어를 통해 제 모습을 제대로 알게 되었으니 여행에서 얻게 된 소중한 경험이다.

이순신 장군의 한산대첩은 세계에서도 유례가 없는 해상

---

[1] 통영에서는 토영이라고 보통으로 발음한다. 여행사 이름이다.

대첩의 큰 승리라고 한다. 한산도 앞바다에서 조선 수군이 일본 수군을 크게 무찌른 해전으로, 이 전투에서 육전에서의 포위 섬멸 전술 형태인 학익진을 처음으로 펼쳤다고 한다. 우리나라를 위기에서 건진 이순신 장군의 얼이 빛나는 통영 투어를 마치고 돌아오는 길은 우리에게는 역사에 남을 한 페이지다. 오늘은 현실이고, 어제는 역사이며, 내일은 알 수 없는 미래라고 하지 않던가.

미가 복어 집에서 해산식을 겸해 담소를 나누고 집으로 돌아가는 모두의 발걸음이 가볍다. 돌아오는 길 안전 운행을 해주신 안 회장님과 모두에게 감사드리고 싶다. 늦깎이들의 자축을 겸한 통과의례로서 우리는 졸업 여행이라는 마침표를 하나 찍었다.

아름다운 사람들

　몸체를 흔들며 속력을 내던 비행기가 하늘로 솟구쳤다. 금세 집들이 작아진다. 기체 밖으로 구름이 둥실 떠다닌다. 나도 시름을 접어 넣고 부푼 가슴을 펼쳐본다. 남편의 소싯적 친구들과 부부모임을 가진 지가 꽤 오래되었다. 화정이 아빠가 바빠 가 버린 후 생활 전선에 나선 화정이 엄마는 직장에 교육이 있어서 휴가를 내지 못하였다. 후일 좋은 곳을 가게 될 때, 빠지는 이 아무도 없으면 좋겠다는 생각을 해본다. 아이 큰 게 어른이라고 모두의 반짝이는 눈에 설레는 표정이 역력하다.

　벌써 제주도가 모습을 드러냈다. 우리를 맞으러 온 가이드 아저씨는 날씨조차 여러분을 반겨줍니다. 어제까지 비가 많이 왔다고 전해 준다. 미니버스와 가이드 아저씨, 2박 3일을 함께할 우리는 제주공항에서 기념촬영을 했다. 아이 말 듣고 밤색 티에 어울리는 백색 바지를 입은 건 잘했다는 생각이다. 사진이 깔끔하다. 제주에 왔으니 제주 사람이 되어보는 거다. 가는 곳마다 돌하르방이 만면에 미소를 지으며 반겨주고 경치 또한 이색적이다. 하나같이 시커먼 돌로 담장을 둘러놓았고 경치 좋은 바닷가에 천지로 널려 있는 돌들도 화산재임을 말해주듯이 시커멓다.

오래 전에 용두암에 간다기에 텔레비전에서 보던 기억을 더듬어 기대에 부풀었다. 수만 년의 세월을 두고 파도에 씻기고 깎여 만들어진 용의 형상은 하늘을 날고 싶은 용의 염원을 바위에 투영한다. 코미디언 이주일 씨가 한창 주가를 올릴 무렵에 JC 전국 단합대회를 제주 한라체육관에서 했다. 중계방송 중 연날리기 대회가 가장 어렵다면서 이 연 저 연이 뜨니 쌍연이고, 여기저기 연이 뜨니 잡연도 뜬다고 웃음보따리를 선사해 주던 그분은 이제 세상에 없다.

만장굴과 도깨비 도로, 용두암과 민속촌을 돌아보고 텁텁한 조껍데기 막걸리를 기울였던가. 그저 수줍기만 하던 새댁

시절이다. 그때가 참으로 좋은 때인 것을 초로에 접어든 지금에야 느끼니 사람이 미련하기도 하다.

제주의 푸른 자연은 그대로가 하나의 커다란 공원이다. 제주에서만 찾을 수 있는 돌과 나무뿌리를 그대로 이용한 목석원, 열대의 원시림과 사막의 선인장을 볼 수 있는 여미지 식물원과 분재의 아름다움에 절로 탄성이 쏟아지는 분재예술원 등은 세계적인 테마공원으로 자리잡았다.

약천사에 들러서 이번 여행이 무사하기를, 그리고 두고 온 가족들이 무탈하기를 빌어본다. 동네 앞에 돌로 쌓은 큰 방사탑이 예사롭지 않다. 예로부터 산의 뼈요, 흙의 정이며, 기의 핵이라는 돌은 우리 생활과 밀접한 관련을 지어왔다. 우리 선조는 돌이 생명을 탄생시키기도 하고 생활을 풍요롭게 하는 존재로 믿고 돌을 향해 치성을 드리고 마을의 평안을 빌어 왔다.

할아버지 탑에는 뾰족한 돌을 얹고, 할머니 탑에는 다소 평퍼짐하며 끝이 둥근 돌을 얹어놓았다. 모든 사물에 음양의 조화를 맞추려는 조상의 지혜가 보인다. 사람들은 언제나 꿈을 품고 산다. 지구상에 존재하는 인간의 다양함만큼 그리고 문화의 다양함만큼 종교 전통은 다양하게 존재한다. 제주의 상징인 돌하르방과 방사탑 등, 돌은 제주인의 삶 속에 뿌리 깊게 자리하면서 하나의 문화를 이루고 있다.

서귀포 중문 관광단지 내 아프리카 박물관은 서울의 대학로에 처음 선보여 화제가 되었던 것을 이곳 제주로 확장 이전하였다. 이슬람 젠네 대사원의 모습을 본떠 만든 건물의 외형 모습이 특이하다. 한종훈 박물관장이 대사관 시절 30년 동안 아프리카와 유럽 등지에서 수집한 아프리카 조각과 가면 등 아프리카 30개국 70여 부족의 예술품과 각종 유물을 기증하여 전시되어 있다.

근대까지 아프리카가 서구의 식민지로 있을 때 처녀의 모습이 흉하면 잡혀가지 않았기에 입술에 접시를 넣어 입술 모양을 크게 늘어뜨렸다. 이제는 그것이 미의 기준이 되었다는 그들의 슬픈 역사가 마음 한편에서 절여온다. 지난날 우리에게도 식민지 시절이 있었다. 아직도 해결되지 않은 위안부 할머니들의 절절한 사연 앞에 일제의 탄압이 오죽하였는지 우리가 모두 역사 속에서 익히 알고 있다.

대장금 촬영지, 주상절리 등 여러 해안도로는 경치가 일품이라 산책 삼아 하루에 한 곳씩 한 시간 가량 거닐었다. 전에 없던 코스가 새로이 단장을 하고 나선 주상절리대의 모습은 이름난 국외 관광지 못지않은 빼어난 경관을 자랑한다. 탁 트인 바다가 시원하다. 바람도 없는 잔잔한 날이면 바다는 어느새 성난 짐승의 모양을 감추고 오랜 세월 감추어둔 이야기를 술술 풀어내는 듯하다.

유람선을 타고 성산 일출봉을 돌아보는 바다는 검은빛이다. 깊이를 알 수 없는 푸르디푸른 파도가 철썩대며 무심한 표정으로 우리를 쳐다본다. 속을 알 수 없는 바다를 하염없이 쳐다보자니 저 멀리 돌고래 떼가 몰려온다. 선장님 말씀이 내일모레 큰 풍랑이 있어서 지금 돌고래가 해안으로 다급하게 들어오는 거라고 했다. 날씨 덕분에 바쁘게 질주하는 고래 구경까지 했다.

제주의 옛 풍습 중에 가장 아름다운 것은 삼무일 것이다. 거지가 없고 도둑이 없으니 대문 또한 있을 필요가 없었다. 정낭은 제주인의 선량하고 여유로운 삶을 그대로 보여주는 문화유산이다. 집주인이 외출했음을 알리는 동시에 방목해 놓은 마소가 집안으로 들어오는 것을 막는 울타리 역할을 했다. 우리나라 제주는 아름답다. 그곳을 찾은 우리들도 아름답다.

생활에 찌든 답답함은 파도와 함께 부서지고 삶이 여유롭게 다가선다. 누구보다 열심히 살아온 회원들은 이제는 더러 여행을 하자는 의견을 내놓는다. 예전에는 아이들이 크면 가자고 미루다가 이제는 더 늙기 전에 여행을 해야 힘이 들지 않는다는 말들을 한다.

회원들을 돌아보니 언제 이렇게 되었을까 희끗희끗한 머리칼, 골이 내려앉은 초로의 얼굴들이다. 아직 한낮의 햇볕은 따갑지만 습도가 낮아 그늘에 들어가면 시원하다. 하늘이 점점 높아지는 걸 보니 가을이 오고 있나 보다.

가족애와 낭만적 행복의 추구

여 세 주
│ 문학평론가, 전 경주대 한국어문학과 교수

1. 문학에 이르는 먼 길

문학의 기원설에는 여러 가지가 있지만, 허드슨(W.H. Hudson)은 문학의 자기표현 본능설을 주장하였다. 문학은 자기를 표현하려는 본능에 의해 창작된다는 것이다. 인간에게는 자신의 생각과 감정을 다른 사람에게 이야기하고 싶어 하는 자기표현의 욕구가 있다. 그러한 욕구가 언어행위로 나타날 때 문학이 탄생하게 된다.

작가 자신의 체험과 사색을 기록하는 수필은 여타의 장르에 비해 자기표현 욕구에 의한 문학이라고 할 만하다. 자기 자신을 다른 사람에게 표현하려는 욕구는 본능적인 것이다. 그럼에도 불구하고 자기표현의 욕구는 억압되어 왔다. 특히, 문자언어를 통한 대중들의 표현 욕구는 억압될 수밖에 없었다. 문자언어는 오랜 세월 동안 특권층의 전용물이었기 때문이다. 언어 사용의 주체가 일반 대중으로 확산된 시대에도 자기표현 욕구에 대한 억압이 쉽게 풀리지 않았다. 그것은 생산과 소비가 원활하게 이루어질 수 있는 환경이 조성되지 못했기 때문이다. 자기표현의 문학이라고 할 수 있는 수필이 2000년대에 들어와서 양적 팽창을 가져올 수 있었던 것은 손쉬운 생산과 소비 환경의 변화에 기인한다. 경제적 여유가 가져온 서적 발간의 용이성으로 원활한 생산·소비 환경이 조성된 것이다. 여기에 문화의 소비자로만 머물렀던 일반대중들이 문화의 생산자로도 적극 나서려는 의식의 변화도 한몫을 한 셈이다. 자기표현 욕구를 충족시킬 수 있는 글을 서슴없이 생산·유통·소비할 수 있는 환경 변화가 수필 인구의 증가로 나타난 것임이 틀림없다.

자기표현 욕구를 언어로 배설해낸다고 해서 수필이 되는 것은 아니다. 문학성을 갖춘 수필을 생산하기 위해서는, 이에 상응하는 힘겨운 훈련과 오랜 습작활동을 거쳐야 한다. 그런데도 오랜 숙련의 과정을 겪지 않고 몇 편의 작품을 써본 경력만으로 등단을 시도하는 경우가 허다하다. 대부분의 수필 전문지들이 '신인상 제조창'으로 전락한 채 이러한 분위기를 조장하고 있는 것도 부정할 수 없다. 등단이라는 통과의례를 너무나 쉽게 치르는 현실은 수필계의 심각한 적폐다. 사정이 그러하다보니, 수필가라는 이름표를 붙인 사람은 많으나 정작 진정한 수필가는 그리 많지 않다.

권숭분은 수필계의 그러한 폐단을 인식하고 잘못된 선동에 부화내동 하지 않는다. 문학 창작은 하루아침에 이루어지지 않으며, 문학에는 지름길이 없다는 진실을 예찰하고 있다.

> 그들이 하얀 밤을 고독으로 지키며 진주알 같은 언어를 낚았을 그 길을, 항상 마음에만 묻어두고 선뜻 들어서지 못했다. 그곳에 이르는 길은 지름길이 없다고 한다. 지름길이 없으니, 이 늦은 저녁에 길을 나설 수는 없다고 마음마저 벗어놓았었다.
>
> - 〈지름길 없어도〉에서

> 먼 길인들 어쩌랴. 그 길을 따라 하염없이 걷다 보면 호롱불 켜놓은 조그만 초가집이라도 보일는지. … (중략)… 늦게 피면 어떻고 아름답지 않으면 어떠랴. 멀고 먼 길을 시름시름 절뚝대면서라도 가리라, 가보리라.
>
> - 〈지름길 없어도〉에서

앞의 인용문은 문학을 향한 꿈과 망설임을, 뒤의 인용문은 문학의 길을 가겠다는 다짐을 드러낸 대목이다. 오랜 망설임과 조심스러운 도전, 여기에서 '문학을 한다'는 것에 대한 화자의 자세가 잘 드러난다. 문학이란 것에 쉽게 덤벼들지 않으며, 지름길로 가로질러 그곳에 이를 생각도 없다. "멀고 먼 길을 시름시름 절뚝대면서라도 가리라"는 데서 문학을 바라보는 화자의 시각과 자세에 진정성이 묻어난다. 권숭분은 그런 점에서 진정한 작가정신을 간직한 수필가다. 수필가라는 허명부터 내세우는 사람들과는 다르다. 문학을 향한 열정과 뚝심마저 그에게는 행복한 발걸음이다.

수필가 권숭분의 첫 작품집《세월의 다리》(수필미학사, 2014)에 수록된 작품들은 문학적 숙련 과정에 창작된 작품들이다. 이들 작품은 실재하는 경험의 기록과 전달에 충실하고 있다. 체험한 사실이나 상황을 서술한다는 교술문학의 고유한 속성을 무던하게 지켜나간다. 그의 수필에는 구성 전략의 과도한 작동에 따른 형식적 부자연스러움이 드러나지 않는다. 대단한 의미를 이끌어내기 위한 해석의 억지도 찾을 수 없다. 비유의 합목적성을 외면한 채 언어를 비비 꼬아놓음으로써 의미 순환을 막아버리는 수사적 남용도 눈에 띄지 않는다. 그만큼 권숭분의 수필은 미려한 포장을 경험적 사실에 억지로 덮어씌우지 않고, 있는 그대로의 경험을 투박한 음성으로 진술하게 전달한다. 어쩌면 거추장스러울 수 있는 문학적 장치나 장식을 홀가분하게 걷어낸 자리에, 권숭분 수필의 진솔함과 당당함이 자리하고 있다.

2. 어미로서의 실존적 다중성

가족은 행복한 삶을 위한 가장 기본적인 공동체다. 공간적 의미인 가정의 울타리 속에서 공동체 생활을 지속하는 것만으로는 진정한 가족이라 할 수 없다. 가족이란 구성원들과의 정서적인 유대를 맺으면서 주어진 임무를 수행할 때 진정한 가족이라 할 수 있다. 그러나 가족 속에서 각 구성원이 갖는 존재감은 제각기 다를 수 있다.

가족이라는 울타리 속에서 작가 권숭분은 시종일관 어미로서만 존재한다. '어미'라는 이름은 가족 속에서 자식의 아내인 며느리를 부르는 말이며, 결혼하여 자식을 둔 딸을 지칭하는 호칭이고, 웃어른 앞에서 아내를 지칭하는 언어이며, 손자나 손녀에게 그들의 어머니를 이르는 말이다. 그 언어가 이토록 다의적인 의미를 갖추고 있듯이, 한 가정에서 '어미의 자리'는 가족 속에서 매우 다중적이다. 남편의 아내로서, 자식의 어머니로서, 시부모의 며느리로서의 이름이 어미인 것이다. 이러한 가족 관계 속에서 여성 자신으로서의 개인은 증발해 버린다.

수필가 권숭분의 상당수 작품들은 이러한 어미로서의 실존을 표출하는 데에 집중되어 있다. 작가의 실존적 의미는 오직 가족 구성원과의 관계 속에서 규정된다. 그의 수필 속에서 주인공은 딸과 아들, 남편, 부모 등 가족이며, 작가는 엑스트라일 뿐이다.

이와 같은 소재주의적 차원에서 볼 때, 작가 권숭분은 독자적 개체로서의 '나'가 아니라, 가족 구성원 속의 '어미'로서 자신의 실존적 가치를 인식하고 추구하며 살아왔음을 알 수 있다.

작가의 수필집 표제작인 〈세월의 다리〉는 평생 함께 살 것 같던 딸을 시집보내게 된 시점에서 어미로서의 허전함과 아쉬움을 드러내고 자신의 삶을 성찰한 작품이다. 그 성찰은 화자 자신이 가족의 품을 떠나 시집을 와서 자식을 낳고 살아왔던 인생역정을 되돌아봄으로써 이루어진다. 자신을 보내는 가족들의 마음은 헤아리지 않고 오직 자신만을 생각하면서 신혼의 꿈을 찾아 나섰던 자아를 발견하는 것이다. 그렇게 출발한 삶이지만 때로는 위태롭고 무서운 "세월의 다리"를 건너야 했고, 그 다리가 곧 "인생의 다리"라는 인식에 이른다.

그런들 어쩌랴. 이제 딸내미를 보내는 아쉬움을 조금이라도 덜어나가는 것이 내 삶의 남은 숙제일 게다. 세월이 더 흘러 내 딸내미도 어미의 허전한 마음 알 날이 있을 것이다. 딸내미도 제 앞에 놓인 세월의 다리를 무사히 건너가기를 빌 수밖에. 때로는 위태롭고 무서울지라도 조심조심 인생의 다리를 탈 없이 건너갈 게다.

- 〈세월의 다리〉에서

어차피 건너가야 할 다리일진대, 딸이 인생의 다리를 무사히 잘 건너갈 것이라고 확신하면서 딸의 인생길이 순조롭기를 빌고 있다. 어미의 심정이 잘 드러나 있는 부분이다. 딸의 인생길을 바라보는 어미의 마음은 조바심을 애써 감추고 낙관적 확신으로 차 있다. 시집보낸 딸자식을 바라보는 보편적 어미의 마음을 잘 드러내었다.

〈바라보는 사랑〉은 아내로서의 정체성을 드러내고 있는 수필이다. 이 작품에 동원된 핵심 인물은 남편이다. 남편의 복막염 수술을 지켜보면서 남편과 '나'의 관계를 설정하고 있다. 화자에게 남편은 사람 만나는 것을 좋아하여 가정사에는 뒷전이며, 일을 줄이고 식구들과 함께할 시간을 갖겠다던 병석에서의 약속을 퇴원 후에는 깡그리 저버린 사람이다. 그런 남편이 야속하기는 해도, 화자는 쉽게 용서하고 원망하지 않는다. "외로우니 나만 바라보아 달라고 보챌 수 없는 아름다운 거리에 남겨두"고 오히려 남편이 열정을 쏟아 지향하는 세계를 자신도 함께 지향하겠다는 다짐을 드러내고 있다. "사랑은 서로 마주보는 것이 아니라 같은 방향을 바라보는 것이다."라고 한 생텍쥐페리의 격언을 윤리적 지표로 삼으면서, 작가는 개인으로서의 자아보다는 남편의 아내인 한 가족의 어미로서 자기정체성을 확립하고자 한다.

권숭분의 수필 세계에서 며느리로서의 삶은 화제로 대두되지 않는다. 대부분의 여성 수필가들에게 중요한 이슈가 될 수 있는 고부 간의 갈등이 반성적 성찰을 통과한 윤리적 자아에 의해 희미해져 있듯이, 권숭분에게도 문젯거리가 되지 못한다. 시집을 오기 전에 작고한 시아버지 이야기야 그렇다손 치더라도 시어머니를 타자화한 자아 성찰이 이루어질 법한데도 그에게는 관심 밖의 일이다. 〈사랑하는 경아 씨〉나 〈우리 집 월동준비〉에서 시어머니가 작품 속에 언급되기는 하나 시어머니의 삶이나 며느리로서의 삶을 다루지는 않았다.

수필가 권숭분에게 가족은 사랑의 대상일 뿐이다. 작가의 의식 속에 가족이 있을 뿐, 가족들을 위해 희생된 자아의 삶은 의식되지 않는다. 초파일 연등달기 경험을 다룬 〈샘물 같은 행복〉에서 "가족의 행복이 나의 행복"이라고 말한 것처럼, 그의 수필 세계가 보여주는 이러한 현상은 가족애의 실천을 행복으로 여기는 작가의식이 반영된 결과로 해석된다.

3. 어머니 연가

권숭분의 첫 수필집 《세월의 다리》에 수록된 작품 가운데, 친정어머니를 화제의 중심에 놓은 작품이 상당수 있다. 젊은 시절 자식들을 위해 모든 것을 희생했던 어머니의 옛 모습을 기억해내거나 불편한 몸으로 외로운 노년을 보내고 있는 어머니의 현재적 삶을 이야기하면서 어머니에게 자식으로서의 도리를 다하지 못하는 작가 자신을 성찰한다.

자기 성찰은 반성을 수반한다. 수필 쓰기에서는 경험의 진솔한 표현과 반성적 성찰이 동시에 이루어짐으로써 자아의 개선을 가져온다. 이런 과정에 작가의 윤리적 가치와 판단이 부단히 간섭한다. 따라서 자아는 매순간 수없이 변화하는 복합적인 존재이다. 그때그때 늘 다른 사람이 된다. 즉, 자아는 단일한 고정 불변의 정체성을 갖고 있지 않다. '정체성'이란 말이 '변하지 않는다'는 의미를 내포하고 있지만, 자아 정체성이 고정되어 있지 않다는 말이다. 따라서 수필은 작가의 내면을 진솔하게 드러내고 반성적 자아 성찰을 하는 과정에서 끊임없이 자기 정체성을 찾아가는 글쓰기다.

〈핑계〉에서는 오 남매를 키워 보내고 남편까지 떠나보낸 후, 강아지와 화투를 벗삼아 외로움을 달래는 어머니의 만년晩年을 그려낸 작품이다. 화자는 화투를 사 달라는 어머니, 강아지를 키우고 있는 어머니를 처음에는 이해하지 못한다. 그러다가 어머니에게 강아지는 재롱떠는 자식과도 같아 화투와 함께 심심파적의 상대라는 사실을 드디어 이해하게 된다. 그런 이해의 과정을 거친 후에야, 가끔씩 찾아가 생색만 낼 뿐 몸이 불편한 어머니의 수족 노릇 제대로 하지 못하는 자식으로서의 반성적 성찰에 이른다. 반성적 성찰을 통하여 새로운 자기 정체성을 확립해 나간다.

〈쉬어 가는 정거장〉에서는, 고향을 떠나 객지생활을 하던 자식들을 보내고 맞이하던 어머니 이야기와 어버이날을 맞아 친정을 왔다가 하룻밤을 보내고 떠나는 딸 이야기를 앞뒤로 결합해 놓은 수필이다. 친정어머니와 딸로서의 화자, 친정어머니로서의 화자와 딸의 관계를 병렬시켜, 자식에 대한 어머니의 의미를 '쉬어 가는 정거장'이라고 해석해 낸다. 경험의 해석은 현재의 윤리적 판단에 의해 이루어진다. 친정어머니가 작가 자신에게 쉬어 가는 정거장이었듯이, 자신도 딸에게 쉬어가는 정거장이 되었음을 인식하는 데 이른다. 작가 자신이 시집간 딸을 맞이하고 보내 보고서야, 쉬어 가는 정거장과도 같은 어머니의 존재를 비로소 깨닫게 된 것이다. 딸에 대한 어미로서의 마음이 친정어머니의 실존적 의미를 깨닫는 기제로 작동하고 있다.

〈살다 보면〉은 화자 자신이 아파본 후에야 타인의 아픔이 보인다는 메시지를 전달한다. 이 작품에서 타인은 마지막 부분에 가서 어머니로 치환된다. 평생 자식들을 건사하느라고 작은 가게에 매달린 채 허리 한번 펼 여유도 갖지 못한 어머니가 아픈 몸으로 만년을 보내고 있는 사실을 떠올린다. "아픈 것만으로도 서럽다."고 함으로써 "마냥 자식 바리기"를 하면서 살아가는 어머니의 서러운 인생을 인식하는 데까지 이른다.

〈그리운 손두부〉에서는 손수 두부를 만들어 팔았던 어머니의 손맛에 대한 그리움, 공장에서 대량생산되는 두부에 밀려 손 두부를 찾는 이가 점점 줄어들던 시절에 겪었을 어머니의 속앓이를 진작에 헤아리지 못한 데 대한 후회를 표현한 수필이다.

〈서러운 하늘〉에서는 어머니가 쓰러져 혼수상태에 빠지기 전에 어머니의 전화를 받고 어머니의 옷가지까지 준비해 두고는 바로 달려가지 못한 자책과 어머니를 저세상으로 보내고 난 후의 슬픔을 절제 없이 노정하고 있다.

이처럼 상당수의 작품이 친정어머니에 대한 애틋한 사랑과 그리움, 그리고 그 삶에 대한 연민을 드러낸 수필들이다. 작가에게 친정어머니의 존재가 그만큼 큰 비중을 차지하고 있음을 말해 준다. 작가가 그리고 있는 친정어머니의 삶은 젊을 때의 힘겨움과 늙어서의 서러움이라고 요약할 수 있다. 친정어머니의 이런 이미지는 작가의 현재적 지각에 의해 재구성된 어머니이다.

수필의 소재가 되는 경험은 과거라는 시간에 정지되고 화석화된 것이 아니다. 과거의 상기는 현재의 감정이나 가치관에 의해 새롭게 지각되므로 현재화된 과거이다. 기억 속에 잠재되어 있는 경험을 현재의 시각에서 상기해내는 언어수행이 수필 쓰기인 셈이다. 과거가 아니라 현재의 시각에서 체험을 상기하는 언어수행이란 곧 해석 행위를 통해서 이루어진다. 그 과정에는 작가가 지닌 현재의 정서와 신념이 영향을 미친다. 다시 말하자면, 체험의 조각들을 수필이라는 담론으로 맥락화하는 과정에는 작가가 간직하고 있는 현재의 정서나 신념에 의한 해석이 따른다는 말이다. 따라서 수필가는 해석을 통하여 자신의 세계관 안에 경험의 위치값을 다시 설정하는 셈이다.

그렇다면, 권숭분이 그의 작품 속에 형상한 친정어머니의 실존에도 작가의 정서와 신념이 반영되었다고 할 수 있다. 그런데 이와는 반대로, 친정어머니의 삶에 대한 인식이 작가 자신의 새로운 인생관을 형성하는 데에 일정한 작용을 하였다고도 할 수 있을 것이다.

4. 카르페 디엠((Carpe diem)의 노래

수필가 권숭분은 여성 자신으로서의 삶보다는 어미로서의 삶을 살아왔다. 가족들의 뒷바라지를 하면서 희생적 삶을 살아왔던 것이다. 그러한 삶은 친정어머니가 겪어온 인생역정과도 다르지 않다. 그러나 그 삶의 체험이 작가의 인생관을 바꾸는 기제로 작용한다.

여자라서 집안일로 시간에 쫓기고 기족들에게 희생하는 삶을 산다 해도, 과연 누가 알아줄까. 이제는 집안일도 여자만의 일이라는 생각에서 벗어나야겠다. 힘들면 도움도 청해야겠다. 그동안 집안일은 모두 여자의 몫이고 의무라고 여기고 그저 제 식구들 뒷바라지하며 살아온 세월이 헛되지는 않지만, 가정이 아닌 사회로도 나가서 나를 위한 삶도 살고 싶다. 누군가 행복을 가져다주기를 바라지 않고, 행복한 나날을 내 자신이 만들어 가야겠다.

- 〈공주 아바타〉에서

여기에 작가의 삶에 대한 신념이 분명하게 드러나 있다. 가족들을 위해 살아왔던 삶도 헛되지 않지만, 사회로 나가 나를 위한 삶을 살아가면서 행복한 나날을 만들어 가겠다는 것이다. 작가의 이러한 자각을 새로운 자아정체성의 발견이라 해도 좋을 것이다. 요로결석으로 수술을 하고 입원해 있다가 퇴원한 시점에서의 사색을 표현해 놓은 〈그대 안녕하신지〉에서도 작가가 지향하는 삶이 잘 나타나 있다.

안녕하다는 게 얼마나 고마운 것인지 몸소 체험했던 터라 진심으로 가슴에 와 닿는다. 아무 탈 없이 편안한 것이 안녕인데 하룻밤 사이, 아니 잠시 잠깐 사이에도 어떤 탈이 생길지 우리는 앞날을 모른다. 인생이란 것은 예측할 수 없기에 현재의 삶에 충실하라는 것이리라.

- 〈그대 안녕하신지〉에서

이처럼, 작가 권숭분은 현재의 삶에 충실하면서 스스로 행복을 찾아나서는 삶을 지향하고자 한다. 로마의 시인 오비디우스가 말한 카르페 디엠, 즉 '현재를 즐기다'라는 낭만적 삶을 추구하고 있는 것이다. 심리학자 마틴 셀리그먼의 말을 인용하여, "그날 있었던 좋은 일, 좋은 생각만을 매일 적기만 해도 훨씬 행복해진다"라고 여긴다. 권숭분은 이러한 태도를 새로운 삶의 철학으로 받아들인 듯하다. 그의 수필 가운데서 즐거웠던 사회활동을 기록하고 그 즐거움을 노래하는 작품이 가장 많은 비중을 차지하는 데서 이러한 인생관을 다시 확인할 수 있다.

'그날 있었던 좋은 일, 좋은 생각'을 적어놓은 수필은 매우 많고 다양하다. 그 중에서도 여행의 즐거움을 기록한 작품이 단연히 수적으로 우세하다. 그 다음은 만학을 하는 대학 동기생들과의 갖가지 활동을 기록한 작품이 차지한다. 그 외에 자신의 직업 활동에 대한 확신과 믿음, 친구와 함께 한 산행의 즐거움, 가요교실 및 수필 동인회에서의 답사여행 등을 수필의 제재로 삼았다. 이러한 수필들은 그 문학적 완성도와 상관없이, 작가의 인생경력에서 그냥 묻어버릴 수 없는 삶의 커다란 넓이를 보여준다는 점에서 의미 있는 작품이라고 할 수 있다.